Título original: في ديسمبر تنتهي كل الأحلام
Copyright © 2014, Atheer Abdullah Al-Nashmi
Published in agreement with Harfsa Agency

EDIÇÃO Felipe Damorim e Leonardo Garzaro
ASSISTENTE EDITORIAL André Esteves
TRADUÇÃO Mohamed Elshenawy
ARTE Vinicius Oliveira e Silvia Andrade
REVISÃO Mara Magaña
PREPARAÇÃO André Esteves

CONSELHO EDITORIAL
Felipe Damorim
Leonardo Garzaro
Vinicius Oliveira

Dados Internacionais de Catalogação na Publicação (CIP)
(Câmara Brasileira do Livro, SP, Brasil)

A452e
    Al-Nashmi, Atheer Abdullah
    Em dezembro, todos os sonhos terminam / Atheer Abdullah Al-Nashmi; Tradução de Mohamed Elshenawy. – Santo André-SP: Rua do Sabão, 2024
    Título original: في ديسمبر تنتهي كل الأحلام
    124 p.; 14 × 21 cm
    ISBN 978-65-81462-90-1

    1. Literatura na Arábia Saudita. 2. Romance. I. Al-Nashmi, Atheer Abdullah. II. Elshenawy, Mohamed (Tradução). III. Título.

                                                                              CDD 892.736

Índice para catálogo sistemático:
I. Literatura na Arábia Saudita
Elaborada por Bibliotecária Janaina Ramos – CRB-8/9166

[2024] Todos os direitos desta edição reservados à:
Editora Rua do Sabão
Rua da Fonte, 275, sala 62B - 09040-270 - Santo André, SP.

www.editoraruadosabao.com.br
facebook.com/editoraruadosabao
instagram.com/editoraruadosabao
twitter.com/edit_ruadosabao
youtube.com/editoraruadosabao
pinterest.com/editorarua
tiktok.com/@editoraruadosabao

Em dezembro, todos os sonhos terminam

Atheer Abdullah Al-Nashmi

Traduzido do árabe por Mohamed Elshenawy

Para vocês

"Não perguntem ao pássaro errante por que razões ele partiu...!"
— Farouk Gouida

"O romance é a maneira do escritor viver novamente uma história que amou, e a maneira dele conceder a imortalidade àqueles que amou."
— Ahlam Mosteghanemi

Essa mulher sempre me surpreende. Sua vida caótica, seus sentimentos loucos.

E o nada, que a liga a nada e a ninguém. Não sei se é isso que me atrai nela...

Eu sei muito bem que ela é uma mulher excepcional, criada do barro do qual nenhum ser humano foi criado.

E eu sei que isso me atrai, me atrai muito...

Anseio por uma experiência diferente de qualquer outra, por um destino diferente de qualquer outro, com uma mulher em quem aposto bravamente, sem hesitação ou medo.

Acho que estou me arriscando muito com ela. Estou apostando em um desconhecido com quem não tenho nada além de uma fé oculta que me diz que há muitos mistérios no céu.

Embora eu saiba muito bem que as soluções para esses mistérios permanecerão presas no céu e que as respostas para as perguntas permanecerão desconhecidas, a verdade é que não sou apaixonado por todas essas respostas e soluções.

Eu não preciso compreender o que ela é, ela é aquela em quem eu entendo tudo... e eu não sei nada ao mesmo tempo... eu não preciso saber quem ela é... nem no que nos tornaremos. Tudo o que preciso é adorá-la e que ela permaneça em minha vida como uma lei, uma religião e um sinal de alerta!

Ela que não cumpre nada disso... e não acredita em qualquer coibição... lembro que ela me disse um dia que as leis foram feitas para alguns cumprirem e para outros infringirem. Eu perguntei a ela naquela época:

— Qual das duas categorias você é?

— Não estou sujeita à lei enquanto não a cumprir ou infringir... suponhamos que estou fora dela!

Sorri nessa hora porque percebi que uma mulher como ela é fora de todas as leis, não é regida por um sistema... não é restringida pela religião... e acredita apenas em si mesma.

Espanta-me muito que ela nunca tenha me perguntado o meu nome. Espanta-me ainda mais que eu nunca tenha ousado perguntar-lhe o nome dela... como se tivéssemos medo de nomes... como se eles se referissem ao que nós somos e que nunca quiséssemos saber a verdade sobre nós...

Ambos preferimos que o outro permaneça delicioso em seu mistério, emocionante em ser desconhecido... Ambos amamos este jogo e nos afogamos no outro até o âmago mais profundo com toda essa paixão, amor e saudade... sem o que nos distingue, nem uma lei que nos rege, nem nomes pelos quais nos conhecemos.

Eu sei que há algo que nos une e que nos mantém atraídos um pelo outro, apesar da passagem de todo esse tempo...

Há um golpe violento, uma loucura flagrante, sonhos proibidos e linguagem rebelde que nos unem...

Ela e eu, profundamente delinquentes, revoltados, com raiva, rebeldes sem fronteiras, em busca de algo que não realizamos sem um mapa, um plano ou a menor ideia!

Como posso amá-la com tanto vigor sem saber nada sobre ela!? Como posso não saber nada sobre ela, enquanto ela me fez conhecer tudo?...

Minha ignorância sobre seu nome, sua idade, seu local de nascimento e seu trabalho na vida não me distraía às vezes!

Não sei se a ignorância dela sobre mim faz com ela um pouco do que faz comigo a minha ignorância sobre ela!...

Realmente não sei. Mas sei muito bem que não somos iguais, e que as especulações nos unem e não há lugar para fatos entre nós.

Especulações... insistindo que ela está fugindo de uma terra distante, uma terra cruel... fizeram dela essa mulher muito rebelde, mas seu árabe excessivo e maravilhoso não remete a lugar algum.

Suas características que mudam constantemente não indicam uma idade específica!

Cada vez que a vejo, seus traços me surpreendem, como se eu a estivesse vendo pela primeira vez.

Cada lado do rosto tem uma idade, cada sorriso tem um caráter... e cada olhar tem uma história!...

Não sei se está na casa dos trinta ou se vive os quarenta graciosamente!...

É por isso que sua idade ficará pendente de conjectura até uma indicação posterior...

Achei que fui criado apenas para escrever, também nada na minha vida me ajudou...

Eu ansiava por cada letra o tempo todo porque escrever para mim é como uma necessidade urgente.

Não era como *hobbies* que praticava nas horas vagas, mas sim como desejos intensos aos quais não resistimos. Não conseguimos controlá-los, mesmo que nos esgotem apesar da sua luxúria!

Sempre pensei que acabaria com papéis e uma caneta. Pensei que sabia muito bem com o que iria acabar e que só as minhas letras iriam chorar por mim, mas quando ela veio, a morte não me deixa mais miserável, as letras já não me tentam e eu já não penso no que tem além da morte, nas coisas e nas palavras.

Quando ela fala, os filósofos não enchem meus olhos, os cientistas se confundem, os poetas gaguejam e todos os grandes desmoronam, menos ela...

Quando nela me aprofundo, sinto que conquistei o mundo e o possuí! Eu sinto que posso fazer qualquer coisa..., tudo!

E para um psicopata como eu que adora controle, poder, violência e violação, ela é toda a criação e o mundo inteiro. E então a usei até o meu final porque ela é sem limites, é uma mulher que não tem fim.

Se você soubesse o quanto eu a amo, e quanto eu adoro todos os seus humores...

Ela é aquela em que, na sua frente, eu sou despojado de tudo. E que aparece diante de mim como um sol livre que nenhuma criatura pode bloquear... essa mulher é submissa a nada além do grande poder divino, uma mulher que tem a capacidade de transcender até os limites do céu...

Mas ela volta quando sente minha falta... Para mexer e brincar comigo sem nenhum sentimento de culpa...

É uma mistura deliciosa, uma combinação estranha e excitante ao mesmo tempo... eu a observo quando ela se afasta de mim, de madrugada, ao se levantar da cama para tomar um banho rápido e rezar depois de uma longa noite de prazeres proibidos...

Ela ora espontaneamente, como se nada a afastasse de Deus... então, ela volta para uma religião de outro tipo, para continuar comigo... religião na qual eu serei o deus e o legislador desta vez...

Ela sempre me faz sentir que conhece o caminho para Deus, foi ela quem disse, em um momento de embriaguez, que não compreendemos Deus, mas O deduzimos...

Ainda estou, até este momento, sem saber como uma mulher, nos últimos estágios de intoxicação, cita conversas sagradas!

Anseio tanto por entender sua herança ilógica, por perceber seu infinito estoque de contradições. Fazer com ela imoralidades, todo tipo de imoralidade, assim como sou tentado a assistir sua obediência a um Criador de quem me separei há muito tempo.

Não tenho mais medo de nada depois que a conheci, exceto perdê-la... Tenho muito medo de que ela desapareça de repente, assim como apareceu repentinamente... que ela volte para o desconhecido, assim como veio não sei de onde!

Você pode não saber o quanto as perguntas me incomodam! A história dela não me preocupa nada.

Eu não me importo com quantos homens ela esteve antes de mim, nem por quantos homens seu coração já bateu forte...

Mas eu tenho muito medo de que ela seja a esposa de alguém! A ideia me apavora e não tenho como lhe perguntar sobre isso porque fizemos um acordo tático de que todos os fatos permaneçam pendentes, que aceitaremos as coincidências do destino e que nos adoremos sem endereços ou nomes.

Mas de uma mulher rebelde como ela, é esperado qualquer coisa!

Ela é uma mulher em quem não se confia em sua presença. Ela pode partir a qualquer momento e não voltar. E não se mexe com pessoas como eu em questões de ausência...

Certa vez, quando lhe fiz algumas perguntas, ela desapareceu de repente!

Ela me punia com sua ausência, então eu ficava procurando por ela em todos os lugares... eu vasculhava as ruas procurando por uma mulher que não tinha nome, nem endereço...

Continuei procurando por semanas, durante as quais me afastei de tudo, menos dela... eu senti naquela época que meu orgulho estava queimando, mas eu não me importava com meu orgulho naquela hora, eu não me importava com nada, naquele momento, só me importava em achá-la!

Lembro-me do momento em que os meus olhos pousaram sobre ela. Depois de uma longa ausência, a vi sentada em um dos cafés abertos que costumávamos ir conhecer...

Ela fumava calmamente e provocativamente. Na frente dela, havia uma xícara de café e um livro decorado com um retrato de Voltaire.[1] Seus olhos estavam apontados para mim como uma arma!...

Aproximei-me dela com minha respiração ficando quente, mas não ousei dizer uma palavra. Verifiquei suas feições para ter certeza de que ainda eram as mesmas...

Era como se ela tivesse me deixado na noite anterior, mesmo que seu olhar se tornasse mais desafiador!...

Ela me disse com um fio de fumaça saindo de seus lábios:
— Você ainda tem perguntas?

Agarrei-a pelo braço e sussurrei em seu ouvido:
— Vamos!

Ela veio comigo! Entrou no meu carro sem resistência, mas não conversamos o caminho todo.

---

[1] Pseudônimo de François-Marie Arouet, escritor e filósofo iluminista francês. Entre suas principais obras, está *Cândido, ou o otimismo*.

Eu olhava com raiva para o livro de Voltaire no colo dela, pois não precisava de muita inteligência para perceber que ela o havia trazido para mim...!

Ela não gosta do Voltaire e não o lê por ela. Lê apenas por minha causa...

Ela achava que ele seria capaz de me compensar pelos dias em que ela esteve longe de mim, por isso eu o odiava, o odiava muito...

Naquela noite fui duro com ela, mas não a repreendi por medo de que ela voltasse à ausência. E ela não me perguntou o motivo da minha raiva, talvez porque ela já soubesse! Tive muito medo porque eu estava perto de perdê-la!

Eu perguntei a ela alguns dias depois:

— Como você está fazendo isso?! Como você desaparece de repente e aparece de repente?!

Ela disse sarcasticamente:

— Você acha que eu sou uma bruxa?

— Por que você responde às perguntas com perguntas?!

— Voltaire não disse que devemos julgar as pessoas por suas perguntas e não por suas respostas?!

— Você pensou que eu iria julgá-la com base em suas respostas?!

— Por que você pergunta tanto, então?!

— Porque eu duvido de quem você é... Acredite em mim, comecei a desconfiar da realidade de sua existência...

— Você duvida da existência do que você percebe com seus sentidos?

— Não sei. Ajude-me... Salve-me deste estado de dúvida...

— Você não acredita que a causa do tumulto e da ansiedade é a insistência em saber as coisas, como acreditam alguns de seus amigos filósofos?

— E no que você acredita?!

— Acredito que a certeza não passa de uma alegação! E que não há fatos confirmados nesta vida... tudo que nos cerca é duvidoso de sua existência...

— Incluindo você?!

— Incluindo você!
Eu disse sarcasticamente:
— Mas você me percebe com todos os seus sentidos!
— Você já ouviu falar em ilusão?!
Eu a abracei forte, minhas mãos sentiram seu corpo e perguntei:
— Você é real?!
— Você é real?!
— Você percebe quão boa você é em fazer perguntas?!
— Você percebe que eu não sou boa em responder?!
— Responda-me apenas uma pergunta e ignore tudo o que eu lhe perguntar algum dia.
— Eu não sou capaz de responder às suas perguntas!
— Você não quer saber minha pergunta primeiro?!...
— Você acha que eu não a conheço?!
— E você?! Não precisa que eu te responda uma coisa?!
— Você vai me responder?!
— Acho que vou!
— Acho que você não ousaria!
Encostei a cabeça no peito dela e disse:
— Seu corpo tem cheiro dos poemas!
— Os poemas têm cheiro?!
— Os poemas são um perfume que só os poetas conseguem distinguir.
— Você é um deles?!
— Eu sou apenas uma caneta! O que dizer sobre você?
— Eu sou uma história!
— Você não poderia parar de trocar palavras comigo?!
— Você deveria parar também...
Eu beijei a sua testa falando:
— Está tudo bem! Eu te amo assim! Com todos os seus segredos e enigmas...
Ela sorriu, imóvel, e eu fiquei pensando nela como uma lenda de *As mil e uma noites*, uma história que eu mantenho só para mim...

Desta vez, ela estava ausente por muito tempo.

Mas eu não tento pensar nas razões da ausência, evito pensar em quando ela voltará... Eu não penso se haverá um retorno, na verdade... Tudo o que penso é que ela deve ter seus motivos! Motivos que parece que eu nunca vou conhecer...

Tento compensar sua ausência ao adotar todos os seus hábitos, eu, que nunca adotei um hábito de ninguém! Mas eu pratico seus hábitos como se estivesse incentivando-a a voltar...

Fiquei acordando todos os dias ao som de Seta Hagopian e dormindo com a tristeza de Saadoun Jaber...[2] E não entendo qual é a conexão entre eles e por que ela vive com tanta necessidade deles!

Você talvez não acredite, se eu disser a ela que me tornei como ela, me tornei semelhante a ela em tudo, eu fiquei comendo pequenos pedaços de morango e bebendo um copo de leite no café da manhã, só como vegetais cozidos no meu almoço... e não como nada preparado em outro óleo senão o azeite de oliva... E mesmo assim, eu sou como ela, ainda fumo avidamente, e tomo um copo de vinho todas as noites antes de dormir! E tento compreender toda essa insanidade e contradição em que ela vive e me arrasta junto com ela, mesmo contra a minha vontade!

O editor-chefe (pessoalmente) me ligou!... Sem esse velho, eu não teria sido esse homem!... "Eu não teria sido esse homem que você desconhece." Naturalmente...!

Ele me disse com uma voz cheia de raiva:

— O que há com você, homem?... Você voltou para a vida dos trapaceiros?...

— Eu sempre fui um trapaceiro, senhor!...

— Senhor! Que história é essa?! Você não é aquele que sempre se gaba de não ter senhor?!...

— Acredite em mim, Jihad, se eu tivesse um senhor, ele não seria outro senão você!

Ele me perguntou com uma voz preocupada:

— O que há com você, Huzam?! Você está morrendo?

---

[2] Seta Hagopian e Saadoun Jaber são cantores iraquianos.

— Diga-me primeiro, por que você está pessoalmente ligando para um trapaceiro?
— Sua interrupção na escrita me preocupa! Sua tinta secou de repente!...
— Não, Jihad, o que secou foi o meu sangue!...
— Você me preocupou, homem! Vamos nos encontrar na cafeteria em frente ao prédio do jornal daqui a uma hora!...
— Estarei lá!...

Eu fui e o encontrei esperando por mim... Ele batia o pé no chão rapidamente, como é seu hábito quando está nervoso.

Ele me disse com sua voz rouca:
— Diga-me, maldito! O que aconteceu?...

Perguntei a ele enquanto lhe passava um cigarro:
— Diga-me você, como sua esposa tolera suas palavras grosseiras?!...
— Não sei! Acho que as mulheres gostam de grosseria!...

Brinquei com ele:
— *Você gosta, Madeline?!...*
— Acredite em mim, não sei o que minha esposa gosta e o que não gosta! Minha esposa é uma mulher incompreensível!...
— Acho que é o preço que se paga por se casar, Jihad.
— De qualquer forma! Esqueça Madeline agora e me diga... pela primeira vez, você está discutindo comigo o que as mulheres gostam e o que não gostam! Qual é o problema, homem?! Você finalmente se apaixonou por uma mulher?!...
— Acho que me viciei nela...
— Que maldita é essa que te pegou, homem?!...
— Não sei, Jihad!... Acredite, não sei. Ela é uma mulher de um mundo que tem de tudo na vida.... Mas eu não sei nada sobre essa vida...

Ele me perguntou com espanto:
— Você não sabe o nome dela?!...
— Não sei nada sobre ela...
— Como isso é possível?!...
— Estranho, não é?!...

— E como isso?!...

— Eu conversei com essa mulher, a ouvi... transei e vivi com ela por dias na minha casa de inverno, mas não sei nada sobre ela, Jihad, e ela não sabe nada sobre mim... Acredite, não sabemos nada um sobre o outro...

— Que insanidade é essa?!...

— Em vez disso, diga: que destino é esse?!...

— Não faz sentido que ela não saiba quem você é... Você é o colunista mais famoso na imprensa árabe... Que tola é essa que não te conhece?!...

— Você sabe, Jihad, o que é estranho? Quando essa mulher está ao meu lado, sinto o aroma da literatura! Em sua voz suave, há poesia reprimida. E nas veias de suas mãos, as palavras fluem. Quando ela fala, é como uma melodia. E quando ela fica quieta, ela se cala como uma rainha. Essa mulher é impossível, Jihad! Impossível! Às vezes, questiono se ela realmente existe... Às vezes, imagino se estou inventando sua existência!... Estou quase enlouquecendo, Jihad!... Não sei se essa mulher realmente existe ou se eu a inventei.

O velho olhava para mim com atenção, apoiando o queixo na palma da mão, e disse sem piscar:

— O que essa mulher fez com você, homem?! Pela primeira vez, estou vendo você tremer.

— Tenho medo de que ela não seja real, Jihad! Tenho medo de que seja apenas loucura!...

— Tenha calma, homem! Me diga... você tem o número do telefone dela?!...

— Não tenho o número dela, nem o endereço da casa ou do trabalho!

— E como vocês se encontram?

— Nos encontramos por acaso!... Seja no café, na Biblioteca Árabe ou em frente ao teatro de ópera... Se sentir saudade dela, a procuro em um desses lugares... E geralmente a encontro em um deles!...

O velho me olhou fixamente e então disse com uma voz calma:

— Huzam! Por que você não visita um médico?...

— Por favor, Jihad, não faça isso comigo! Não aumente minhas dúvidas!

— A solidão pode matar, homem... A estranheza é cruel... O que dizer então quando alguém está sozinho em uma terra estrangeira?

E o silêncio persistiu, um silêncio que se estendeu, pois percebi que ninguém acreditaria em mim... e que ela continuaria sendo uma ilusão até que a certeza aparecesse ou que eu aceitasse a realidade.

Ela é um enigma, um enigma que ninguém pode decifrar ou resolver, mas ela é iraquiana, e isso é algo que ninguém pode me convencer do contrário, mesmo que eu tente disfarçar isso.

Na primeira vez que ouvi a voz de Seta Hagopian em meu apartamento, que aluguei para nos encontrarmos, perguntei a ela sobre essa voz suave, a qual eu estava ouvindo pela primeira vez em minha vida. Ela me respondeu que era uma antiga cantora iraquiana! Estávamos deitados no sofá, bebendo sua bebida única e estranha, chá inglês com um toque de água de rosas e uma pequena colher de gengibre.

Não olhávamos um para o outro, cada um imerso em seus pensamentos, acompanhados pela voz serena de Seta. Ela começou a cantar numa voz deliciosa:

"Eu me lembro quando éramos jovens, pequenos...
Nosso amor se desenvolveu através de olhares...
Eles disseram: Será que esses dois se amam?
Desde a infância até a idade adulta...
Como a estrela e a lua...
Nosso amor cresceu e floresceu...
Para os teus olhos, meu amor, começam os caminhos da viagem..."[3]

Eu encostei minha cabeça em sua coxa enquanto pensava... quando conversávamos, falávamos em uma língua árabe

---

3 *Droub El Safar (Zghayroun)*, canção de Seta Hagopian.

quase formal, mas quando brigávamos um com o outro, quando ficávamos bravos ou namorávamos na cama, nossas palavras saíam em inglês, como se estivéssemos renunciando à nossa cultura árabe em nossas revoltas!... Às vezes, eu deliberadamente falava no meu dialeto saudita!...

Mas ela só respondia com o dialeto neutro ou com inglês... ou com uma língua neutra que não indicava lugar algum...

Mas eu sentia em sua respiração a Babilônia, cheirava em seu perfume a Suméria, via em seus olhos a Acádia e saboreava em sua saliva a Assíria!... Todas essas eram suposições, apenas suposições. Mas começaram a se manifestar diante de mim, pouco a pouco... Eu me acostumei com a presença em "nossa casa" do som de Seta Hagopian, da melodia de Tawfiq, de Zohoor Hussain, de Saadoun Jaber, de Nazem Al-Ghazali.

E Ismael Farouqi... A biblioteca que ela preenchia com livros era decorada com as coleções de Al-Sayyab, Abdul Wahhab Al-Bayati, Maruf Al-Rusafi, Lamia Abbas Amara, Nazik Al-Malaika, Buland Al-Haidari, Ahmed Matar e Ibrahim Awbadya... Todos esses elementos indicavam que ela era incrivelmente clássica e iraquiana...

Uma vez, enquanto Seta cantava como de costume, eu apontei para a biblioteca e perguntei:

— Não é estranho que todos esses se reúnam em um único país?!

Ela respondeu friamente:

— E o que há de estranho nisso...?

— Eles são sunitas, xiitas, armênios, curdos, árabes, sabeus, judeus e cristãos.

— Dentro de cada pessoa, há uma pátria própria! O ser humano não pertence a um território... O ser humano pertence ao seu interior.

— Apenas ao seu interior?

— Você e eu só pertencemos aos nossos interiores.

— Você sabe que sua oração é estranha?

— É estranho eu orar?

— Não, sua própria oração é estranha, os rituais de sua oração. A maneira dela... a sua peculiaridade... tudo é estranho!... Eu nunca vi ninguém rezar com esses rituais!

Ela respondeu sarcasticamente:

— Tenho certeza de que você nunca viu!

Eu perguntei a ela:

— Sua oração confirma que você é muçulmana, mas você não reza como os sunitas, nem como os xiitas... a que seita islâmica você pertence?

Ela respondeu:

— Eu não lhe disse que todos nós pertencemos apenas aos nossos interiores?

— Dentro de nós mesmos, apenas?

— Você e eu só pertencemos aos nossos interiores.

Ela acendeu um cigarro e deu uma longa tragada, perguntando:

— Você acha que o amor é um pecado?

— Al-Assini Al-Araj disse que "o amor é o único pecado que Deus ignora"... e eu concordo com ele.

— Você acredita nos escritores?

— Eu, pessoalmente, só sigo o que eles dizem.

— Diga-me, por que você está com raiva da religião e da lei?

— Porque suas sobras ainda estão em mim, mas quando te conheci, tudo mudou... minha raiva se apagou, como se você me mergulhasse no rio Baidakh, e saí dele como se nunca tivesse sido ferido.

— Eu fiz isso contigo?

— Na verdade, você me recriou, me batizou na água sem religião. Você me purificou das sobras das religiões presas em mim, me fez um homem cuja religião é apenas você, e nada mais!

— Não concordamos que só pertencemos a nós mesmos?

— A pertença, me diga, o que ela nos proporciona?

— Eu acho que ela cria para nós, às vezes, um pequeno espaço de segurança.

— Pertencer às pátrias, às religiões, às tribos, às famílias, às leis... não passa de uma restrição que nos limita... uma restrição que torna nossas vidas mais difíceis e complicadas.

— Você não disse que eu me tornei sua religião...?! Você está amaldiçoando o fato de pertencer a mim?

— Não, eu amaldiçoo toda a pertença a outros.

Ela sorriu e disse:

— Você percebe como você é bom em falar, homem?

— Você percebe o quanto você abre o meu apetite para a conversa?

Ela sorriu, enquanto eu me perdi nos detalhes do sorriso!

Quando cheguei a Londres, há cerca de dezenove anos, vim fugindo de tudo. De ter dezenas de pessoas participando na tomada da minha decisão, além de mim.

Foi durante a crise política e militar na Arábia Saudita, na altura da Guerra do Golfo, dois meses antes da libertação do Kuwait.[4]

Naquele momento, senti que nacionalismo, tribalismo e religião eram apenas mentiras.

Eu, que fui nacionalista até a medula, e que passei quase um quarto de século acreditando nisso, era um jovem de vinte e seis anos.

Cometi os meus primeiros e tímidos passos no mundo da escrita após obter meu mestrado em jornalismo e comunicação.

Na época, estava cheio de amor por tudo e por todos, leal ao meu país, orgulhoso da minha fé e fervoroso em relação às minhas raízes familiares e à tribo.

Eu era o filho exemplar da família e, em resumo, o modelo ideal do jovem saudita, educado e religioso, apegado às tradições e aos costumes. Até conhecer a Leila.

Leila era minha colega na redação, uma das primeiras jornalistas mulheres da Arábia Saudita. Naquela época, era considerado pecado uma mulher praticar o jornalismo, e a Leila, que não era muito mais jovem do que eu (eu era três anos mais velho do que ela), enfrentava mesmo assim um sistema que punia severamente qualquer mulher que tentasse.

Para uma garota de vinte e três anos, enfrentar uma sociedade tão machista e conservadora como a saudita foi, na

---

[4] Conflito entre Estados Unidos e Iraque ocorrido entre 1990 e 1991 após a invasão do Kuwait pelo exército iraquiano. Foi a primeira guerra televisionada.

minha opinião, uma tentativa de suicídio — e bem-sucedida. No entanto, isso não impediu Leila de lutar pela liberdade com coragem, algo que não se esperaria de uma jovem saudita naquela época...

Sua presença em minha vida não foi comum. Hoje sei que nosso encontro mudou completamente o curso da minha vida. Conhecê-la me tornou a pessoa que sou hoje.

Nosso choque inicial, desde o primeiro momento em que nos encontramos nos corredores do jornal, me levou a mudar completamente meus princípios e convicções. E resistir a essa mudança foi uma batalha, mas Leila estava cheia de vida, não era como qualquer outra garota... Não tinha uma beleza chamativa, mas era atraente por sua espontaneidade que "roubou" meu coração desde nossa primeira conversa, a qual ainda lembro com detalhes pequenos... Naquele dia, eu estava indo para fora do prédio do jornal quando a encontrei no corredor que levava à saída... Lembro-me de ter ficado surpreso ao ver uma garota no prédio... Ela estava apenas usando o véu, não cobria o rosto pequeno, e isso era algo raro naquele tempo — exceto pelas recrutas americanas —, é claro.

Leila me parou enquanto eu passava por ela, questionando:
— Desculpe, você é Huzam Al-Asim?.
Respondi surpreso:
— Sim! Sou eu.
Ela disse enquanto ajustava seus óculos:
— Sua matéria mais recente foi ótima.
Perguntei surpreso:
— Você veio por causa do relatório que preparei?
— Não, de jeito nenhum, eu sou Leila, a nova colega de vocês.
— Nossa nova colega!
Ela perguntou sarcasticamente:
— Estranho?
Eu disse a ela, meio envergonhado:
— Eu não disse isso!
Ela disse, zombeteira:

— Claro, proibido!
Naquele momento, senti que estava suando... Disse a ela, confuso por estar lidando com uma mulher pela primeira vez:
— O que exatamente você quer de mim, irmã Leila?
— Não me trate com preconceito e superioridade... Somos colegas aqui e nossos direitos são iguais.
— E o que mais?
Ela deu de ombros, dizendo simplesmente:
— O resto virá depois! Vamos nos encontrar em breve... Até logo!
E ela me deixou parado, olhando para ela perplexo, percebendo hoje que ela nunca foi aleatória.
Meu primeiro encontro com Leila não foi um choque, no sentido convencional... porque eu não discuti com ela naquele dia, apesar de sua abordagem desafiadora... algo me indicava que essa garota deixaria uma marca inesquecível em minha vida.
Então, quando a encontrei posteriormente, em uma das reuniões com a chefia editorial, eu só pude tratá-la com muita gentileza, disposição para ouvir e esforços de compreensão.
Ela era a primeira e única jornalista a trabalhar em nosso jornal, e sua presença era objeto de desaprovação por parte de todos os colegas, apesar de suas matérias excepcionais.
Embora ela não fosse considerada uma mulher fraca, senti que precisava de alguém para apoiar seu direito de participar da vida mesmo antes do jornalismo.
Eu a defendi em nossa primeira reunião, quando um de nossos colegas indicou indiretamente, que uma mulher que deixa sua casa para competir com os homens em seus trabalhos, só poderia ser, ou uma mulher decaída ou uma masculinizada, que Deus nos livre.
Lembro-me de tê-lo interrompido dizendo que cada recipiente transborda com o que está dentro e que julgamos os outros com base em nossa moralidade.
Embora o que eu disse tenha custado muitas amizades, pois naquele dia eu perdi o apoio de muitos colegas, que viram um homem imoral atacando um colega em defesa de uma mulher decaída.

No entanto, ganhei Leila e a mim mesmo naquele dia.

Naquele dia, percebi que as mulheres em meu país são atacadas injustamente, sem justa causa. Então, eu assumi a responsabilidade de apoiá-la para garantir seus direitos ou, no mínimo, não participar de tentativas de suprimi-los.

Na minha opinião, isso foi o mínimo que eu poderia fazer para fortalecer minha crença.

Leila me disse depois da reunião, quando estávamos saindo:

— Obrigada pelo apoio, você é realmente sincero!

Naquele momento, senti o sangue subir ao meu rosto de constrangimento, e disse a ela:

— Eu não estava defendendo você especificamente, era uma defesa das mulheres em geral!

— E acredite, se você estivesse defendendo especificamente a mim, isso não teria me deixado tão feliz! O que realmente me alegrou foi ver você se levantar pelas oprimidas. Isso é realmente um sinal positivo.

Eu realmente não sei por que justifiquei minha defesa a ela naquele momento e por que ela se desvinculou de sua felicidade com minha defesa.

Acredito que ambos temíamos que isso fosse interpretado emocionalmente. Da minha parte, pensei que isso faria me sentir mal por alcançar um objetivo que não existia naquela época, e acho que ela tinha medo de que eu interpretasse sua felicidade com minha defesa como os homens geralmente interpretam os sentimentos das mulheres em nossa sociedade, na qual toda mulher é considerada uma puta até provar o contrário.

Não a encontrei muito depois do nosso primeiro encontro, mas eu continuava a revisar as matérias que ela preparava, muitas das quais eram rejeitadas para publicação devido à ousadia dos temas e abordagens.

Não foi fácil para nenhum de nós negar a genialidade e a distinção de Leila — pelo menos, entre ela e eu. Leila praticava jornalismo com naturalidade. Era inteligente, diligente, ativa, perspicaz e habilidosa em acompanhar e divulgar notícias.

Leila começou a colonizar meu pensamento. Minhas leituras começaram a mudar gradualmente e, aos poucos, minhas antigas ideias começaram a desmoronar sob o impacto da mudança.

Comecei a simpatizar com as mulheres e iniciei minha longa jornada em busca do amor, da humanidade, da fé e da existência.

Devido à Leila, minhas convicções mudaram completamente e meus conceitos de vida se transformaram.

Fiquei chocado ao perceber que, por mais de vinte e seis anos, eu era um homem de pensamento superficial, apesar das minhas credenciais acadêmicas avançadas. Eu era, na verdade, um homem tradicional e simplista, que julgava as coisas com base em sua visão superficial.

Nesse período, comecei a me aprofundar no mundo da filosofia. No início, conheci Aristóteles, Hegel, Platão e Sócrates.

Não foi fácil para mim, naquela época, conseguir livros de outros filósofos em Riad,[5] que desconsiderava os interessados em filosofia. Além disso, não havia ninguém em meu círculo interessado em filosofia.

Então, na nossa segunda reunião, perguntei à Leila se ela sabia onde eu poderia conseguir livros desse tipo.

A curiosidade de Leila foi desafiadora com a minha pergunta. Acredito que ela dependia muito da minha pergunta.

Dois dias depois, ela me presenteou com uma grande coleção de livros. Foi a partir daí que começou a jornada de libertação, a fase de transcendência. Minha relação com Leila começou a tomar outro rumo.

Nossa relação começou em abril de 1990, antes da guerra que eclodiu de repente e que manchou o nacionalismo dentro de mim, assim como o fortaleceu para muitos outros.

Minhas convicções começaram a vacilar desde que conheci Leila, e a guerra chegou para abalar tudo nas profundezas de mim.

---
5 Capital de Arábia Saudita.

Tudo foi virado de cabeça para baixo. Leila não era diferente de mim, mas estava liberta de tudo, exceto de sua humanidade.

Não a prendiam quaisquer restrições; ela era completamente livre. Esse desprendimento dela me surpreendeu, e eu o adotei, sem adotar mais nada depois.

Hoje, compreendo que a mulher é o caminho do homem para a liberdade. Somente a mulher é capaz de nos libertar de nossas servidões, embora ela também seja a única capaz de nos escravizar. Essa é a equação da vida, complexa e insolúvel. A mulher é o enigma da vida, seu segredo e sua encruzilhada mais difíceis de entender.

Passava longas horas ao telefone com Leila, que tinha uma linha telefônica particular em seu quarto, algo incomum naquela época. Eu mesmo usava a linha telefônica da casa da minha família, compartilhada por cerca de sete pessoas.

Nossa relação não era tradicional, não era como qualquer relação entre homem e mulher em nossa sociedade. O desejo e o amor não nos uniram no início. A vida foi o que nos uniu, nossas perguntas, dúvidas, sonhos e a tentativa de alcançar a certeza nesta vida. No entanto, eu a amava muito.

Eu sentia que estava afundando em seu mar gradualmente, dia após dia. Diálogos um após o outro. Não era difícil para uma mulher como Leila envolver um homem como eu até que ele sentisse a cabeça submersa.

Com o passar dos anos desde nossa separação e apesar das muitas mulheres que cruzaram meu caminho durante essas duas décadas, mal me lembro dos nomes delas. Exceto Leila. Leila é aquela sobre quem não esqueci nada. Até hoje, não sei se lembro dos detalhes dela porque era realmente excepcional ou porque foi a primeira mulher na minha vida. Geralmente, um homem não esquece sua primeira mulher, não importa quantas outras venham depois.

Mantivemos um relacionamento até setembro daquele ano. Já havia passado cerca de seis meses desde o início do nosso namoro, e isso foi suficiente para eu decidir me casar com ela. No início, pensei que ela resistiria à ideia do casamento por um tempo, mas ela a apoiou completamente e ficou muito feliz com isso. Naquele momento, eu senti que possuía o mundo, que tinha superado a vida, sem perceber que a ideia de casamento era a maior armadilha da minha vida da qual nunca saí.

Alguns eventos e experiências que passamos reconfiguram nossas vidas, nos fazendo sentir como se tivéssemos nascido novamente, nos tornando pessoas que não se assemelham mais a quem éramos. A trágica experiência de vida com Leila foi um desses eventos que deixou cicatrizes profundas na minha alma, as quais persistem até hoje.

Não sei como o sobrenome de Leila escapou completamente da minha mente. Eu, sendo muito apegado às minhas raízes, e mais ligado à minha tribo do que qualquer outro homem, não pensei no sobrenome dela ou na possibilidade de nossos sobrenomes coincidirem. E não sei como isso aconteceu. Acredito que no amor, perdemos a capacidade de distinguir os sobrenomes; simplesmente não lembramos ou não nos importamos, exceto nossos primeiros nomes.

Hoje, sei que paguei o preço por esse esquecimento: perdi uma pátria, uma família e duas décadas de tempo.

Leila não se encaixava na minha visão estreita, e essa questão de identidade comunitária é a maior complicação emocional da qual ninguém pode se livrar.

Esta questão não tem solução, não importa quantos milagres ocorram. No entanto, o amor faz com que nos agarremos à ilusão da possibilidade, à fantasia do milagre.

O amor nos faz contemplar até a morte, esperando por esperança e dor. O céu não me poupou dessa dor, porque eu continuava esperando que um milagre acontecesse.

A disputa com minha família não foi comum; não foi um conflito passageiro. Na vida de cada um de nós, há um momento crítico que quebra as costas do camelo.

No entanto, minha disputa com a família não foi assim, pois eu não tinha histórico de desentendimentos com nenhum deles. Leila era meu único pedido, o primeiro e o último pedido que não foi atendido.

Eu resisti à família, à tribo e às pessoas mais próximas a mim até ultrapassarmos o conflito para a fase sem retorno. Chegamos ao ponto em que eu tive que escolher: ou eles ou ela.

Que difícil é escolher entre quem você ama e quem você ama. No entanto, eu a escolhi sinceramente, com plena convicção, e abandonei tudo o que me ligava à minha família, da qual eu sentia muita falta, muita falta mesmo. Mas isso não me favoreceu perante a família dela. Seu pai não aceitou colocar sua filha nesse inferno que eu também sabia que nunca acabaria, e ninguém teria o poder de enfrentar uma tribo revoltada, não importa quão preparado, protegido ou apoiado estivesse.

Ainda me lembro da última noite em que discutimos sobre esse assunto, Leila disse:

— Huzam! Escuta! Estou disposta a convencer minha família a aceitar nosso casamento, mas preciso que você me confirme seu compromisso comigo. Se sentir que vai recuar no último minuto, não me coloque nessa situação, porque eu não vou te perdoar por isso enquanto viver.

Cometi um ato que temi muito realizar! Apesar de todo o amor que sentia por Leila e do agravamento do conflito com minha família ao ponto de ser expulso de casa e até cortar relações com meu pai, eu sentia, no fundo, que seria covarde! Havia algo que fazia eu me sentir incapaz de me desligar deles.

Eu era muito fraco para resistir a uma campanha como a que foi desencadeada contra mim. Eu era jovem, com pouca experiência, pacífico, e a vida ainda não havia me moldado completamente.

Tinha muito medo pela Leila, temia que ela, com seus sonhos e um futuro brilhante à sua espera, fosse prejudicada por minha causa.

Assim, concordei em abrir mão da minha felicidade, em me despedir dela a contragosto. Não havia consolo na obrigação, nem para mim nem para ela.

Eu percebia que deixar Leila não estava me favorecendo muito aos olhos da minha família, mas eles tentavam me atrair de volta, insistindo novamente na ideia do casamento anterior.

Eu sabia que era apenas uma tentativa de me distrair e me impedir de casar com Leila.

Eles começaram a me tratar como se eu fosse único.

Essas tentativas só aumentavam meu desprezo por eles. Sentia como se algo tivesse quebrado entre nós, e eu sabia que não havia mais nada que pudesse ser consertado.

Leila pediu que eu esquecesse o que aconteceu e que tratássemos um ao outro como amigos. No entanto, tirei um mês de folga do trabalho e me afastei completamente dela. Não conseguia falar com ela ou vê-la. Não conseguia ignorar o que havia acontecido, nem entender como esperavam que um homem fosse capaz de fazer amizade com uma mulher que um dia desejou ardentemente.

Eu estava em um estado de desânimo, preso em casa durante o período de folga, pensando como seria a vida sem Leila e como evitaria vê-la.

E como eu passaria a vida longe dela? Centenas de perguntas martelavam minha mente, sem respostas. A ansiedade e a tristeza aumentavam. Até que Leila me ligou.

Foi a última ligação dela, em 5 de novembro de 1990, por volta das quatro da manhã. O som do telefone me surpreendeu, mas eu percebi instintivamente que era ela. Corri em direção ao telefone com passos trêmulos e um coração ofegante.

Ela disse com uma voz cautelosa:

— Huzam, sou eu.

Eu respondi com a voz rouca pela emoção:

— E você pensou que eu poderia esquecer sua voz?

— Deixe de lado essa conversa — disse ela. — Preciso que me faça um favor.

— Estou totalmente à sua disposição.

— Você deve saber que o que vou te dizer é extremamente confidencial e perigoso.

— Eu estou ouvindo — respondi, com apreensão e surpresa.

— Prometa-me, em primeiro lugar, que essa conversa não será revelada a ninguém além de nós dois.

Eu disse a ela, já sentindo a ansiedade se infiltrar:

— Não preciso dessa promessa, Leila, mas eu prometo isso.

Leila suspirou fortemente e falou:

— Está bem! Ouça-me bem, Huzam. Concentre-se comigo! Porque eu preciso de toda a sua atenção!

— Está bem – respondi.

— Amanhã, faremos um protesto feminino, no qual dezenas de mulheres, incluindo acadêmicas, estudantes e donas de casa, participarão. Precisamos de você neste protesto.

Eu disse, surpreso:

— O que você quer dizer com protesto aqui?

— Um protesto pacífico, no qual vamos reivindicar nosso direito de dirigir!

Perguntei, atônito:

— Dirigir o quê?

— Dirigir carros.

— Eu não entendi!

— Vamos dirigir nossos carros, Huzam, e precisamos que você filme esse evento.

Eu disse, incrédulo:

— Você está brincando, certo?

— Há algo de engraçado nisso?

— Você percebe o que está prestes a fazer? Você percebe o custo que isso pode ter para você?

— Não há liberdade sem revolução, Huzam.

— Isto não é uma revolução, isto é suicídio.

Ela disse zombeteiramente:

— Então vamos chamar isso de martírio.

— Leila, por favor, não faça isso. Você não percebe o que pode acontecer com você por causa dessa loucura.

— Eu não posso recuar como você fez, Huzam. Eu sou uma mulher capaz de lutar por direitos e pela liberdade. Estou disposta a pagar o preço por isso!

Eu disse em rendição:

— O que você quer de mim, Leila?

— Preciso da sua ajuda, Huzam. Precisamos que alguém documente esse evento com uma câmera de vídeo, e não confio em mais ninguém além de você. Tenho medo de que, se qualquer uma de nós pedir isso a outro homem, a notícia possa vazar antes do início do protesto e sejamos impedidas de fazê-lo.

Perguntei a ela, suando:

— Eu sou o único homem participando?

— Primeiro, você não vai participar, apenas registrará a marcha. Em segundo lugar, muitos maridos das participantes seguirão em seus carros, então, não se preocupe com nada.

Eu disse a ela com emoção:

— Isso é contra a lei, Leila! Você não entende as consequências desse protesto.

Ela disse com firmeza:

— Huzam, pedi um favor a você. Ou você me ajuda ou esqueça o assunto completamente, como se nunca tivéssemos falado sobre isso. E não fale sobre esse assunto com ninguém, como prometeu.

Fiquei em silêncio por um momento, pensando em Leila, na sua coragem... e que eu a abandonei por fraqueza e medo. Eu pensava na revolta dela, na audácia dela, em sua tentativa de alcançar seus objetivos, não importando as consequências.

Leila era o oposto corajoso que eu percebia que nunca seria. Eu disse a ela, firmemente decidido:

— Está bem, farei isso por você.

— Huzam, você precisa saber que o protesto é pacífico, mas pode não terminar assim! Nenhum de nós sabe o que pode acontecer amanhã.

— O importante é que você entenda isso, Leila.

— Eu entendo bem, então eu te aviso disso.

— Bem, Leila, vamos fazer isso juntos. Vou filmar para você.

— Não, é por causa da sociedade, Huzam. É pela igualdade. Pelas suas irmãs, sua mãe e suas filhas que virão um dia.

— Não, Leila, é por você. Lembre-se sempre de que fiz isso por você.

Não dormi naquela noite. Eu sabia que o seis de novembro poderia mudar o curso da minha vida, torná-la mais complicada ou até mesmo encerrá-la.

Mas tentei afastar esses pensamentos da minha mente porque meu desejo fervente de fazer qualquer coisa por Leila era mais forte do que qualquer sentimento de medo e hesitação ou qualquer outra emoção.

Preparei a câmera de gravação, recarreguei a bateria dela e passei a noite toda pensando no que seria o amanhã. Eu estava cheio de emoções até o último segundo, e meu principal foco era Leila.

Eu tinha mais medo por ela do que por mim mesmo, pensando no que a esperava e para onde sua loucura poderia levá-la.

Não sabia o que estava planejado. Tudo que sabia era que seguiria Leila em meu carro e que o ponto de encontro delas seria no Malaz.

Eu estava completamente ciente de que o evento se assemelhava a um tipo de suicídio social, que me pareceu que Leila não compreendeu como deveria.

No entanto, apesar disso, mesmo com a compreensão completa de que filmar a manifestação poderia causar consequências indesejadas e me expor mais do que as meninas "teoricamente" expostas, por ser o único homem entre elas, isso não me impediu de seguir em frente e ir até a casa de Leila no horário combinado.

Fui até sua casa armado com meu amor por ela e minha modesta câmera, impulsionado por um desejo urgente de compensação, de compensá-la.

Afinal, percebo hoje que eu não fiz nada do que fiz senão porque os sentimentos de remorso me corroíam.

Eu pensava que minha participação nessa "loucura" seria um ato de redenção aos olhos de Leila e apagaria o meu pecado de covardia. Assim, me livraria da culpa de tê-la decepcionado ajudando-a.

Estacionei meu carro em frente à casa de Leila, tremendo de emoção. Tudo aconteceu de forma surpreendentemente rápida, desde sua ligação até minha chegada à casa dela, como se estivesse em um sonho acelerado que ninguém poderia compreender até que terminasse.

Me levantei quando vi Leila saindo de sua casa com outra garota. Ela me viu e apontou para a amiga entrar no carro. Ela se aproximou e disse:

— Então, você veio, Huzam!

— E você achou que eu não viria?

— Honestamente, eu pensei isso... Sua história comigo não me indicava que você viria.

— Espero que isso compense um pouco o que aconteceu.

Ela ficou em silêncio por um momento e depois estendeu a mão em um gesto de agradecimento:

— Obrigada, Huzam. Eu aprecio isso.

Quando Leila se sentou ao volante, meu coração quase parou. Milhares de rostos barbudos, seus cassetetes e centenas de algemas do pessoal de segurança surgiram na minha cabeça. A lei mostrou suas presas na minha mente e senti minha coragem diminuir cada vez mais.

A cena era insana! Ver os carros das garotas se unindo à caravana, um atrás do outro, era impressionante. Os rostos chocados dos passageiros nos carros que passavam aumentavam meu medo.

Ao ver uma das viaturas cheias de jovens tentando importunar as meninas e forçá-las a parar o carro e sair dele, percebi que as coisas estavam prestes a piorar e não terminariam bem.

Tentei ajustar a câmera com uma mão trêmula, mas ao avistar carros da polícia, decidi escondê-la debaixo do meu assento. Duas viaturas da polícia cercaram o comboio das garotas e as conduziram até a delegacia do bairro.

Segui até a delegacia e vi as garotas desembarcando de seus carros e indo em direção ao prédio. Eu não tinha ideia do que deveria fazer.

Não consegui filmar a marcha, e entrar na delegacia atrás de Leila significaria enfrentar dezenas de acusações, desde participação na organização de um protesto até perturbação da ordem pública, e até mesmo acompanhar uma estranha. Além disso, estacionar perto da delegacia por um longo período levantaria suspeitas de segurança. Voltei para a casa de Leila sem um plano definido.

Fiquei em frente à casa dela por mais de meia hora, pensando no que eu faria. Reuni coragem, toquei a campainha, e o pai dela abriu a porta. Sua expressão de surpresa era evidente, mas não dei a ele tempo para pensar nas razões da minha visita.

Eu disse a ele que uma fonte jornalística me ligou e informou sobre a presença de Leila na delegacia por participar de uma manifestação feminina com dezenas de outras garotas. Ainda me lembro das expressões no rosto do pai dela, que eu pensava estar ciente do que a filha estava planejando, pois ela cresceu em uma casa liberal e em uma família extremamente aberta.

O pai estava perplexo, e sua situação só aumentava o desconforto. Nós nos olhamos sem saber o que fazer. Ele questionava:

— Como, quando, onde, por que você não me avisou, por que ela fez isso, o que faremos, para onde vamos?

Sugeri a ele que ligasse para um dos irmãos dela e fosse com ele até a delegacia o mais rápido possível.

Aquela noite foi a mais longa que já vivi. Tentei ligar para a casa de Leila várias vezes, implorando a Deus que ela atendesse. No entanto, o toque do telefone de sua casa não parava, seu eco persistia, e não havia ninguém para responder.

A notícia da manifestação se espalhou como fogo na palha. Não se passaram horas até que a cidade ficasse sabendo do que aconteceu. Os nomes começaram a vazar, um por um, em uma cidade cheia de escândalos, habilidosa em distorcer os fatos como nenhuma outra. Quanto a mim, estava isolado em meu quarto, observando o telefone estendido da sala de nossa casa enquanto suplicava a Deus para que ela me ligasse e a crise passasse com o mínimo de perdas.

Senti meu coração pular quando o telefone tocou. Era um de nossos colegas no jornal. Ele pediu para eu sintonizar a CNN rapidamente, o que fiz. Desliguei o telefone, coloquei o canal que estava exibindo algumas cenas da manifestação, e naquele momento eu não soube como a emissora conseguiu obtê-las. Mais tarde, descobri que um talentoso cinegrafista e poeta foi quem as filmou, pagando o preço por isso posteriormente.

A verdade é que assistir novamente ao que aconteceu na tela da TV confirmou para mim que o evento não passaria despercebido, especialmente considerando o momento de extrema sensibilidade política, já que todas as atenções estavam voltadas para a Arábia Saudita naquele momento.

Passei a noite tentando reunir o máximo de informações possível sobre o destino das meninas. Recorri a muitos jornalistas e amigos no Ministério do Interior, mas não obtive resultados devido às notícias contraditórias.

Apenas naquela noite, comecei a pensar seriamente sobre minha vida e meu destino. Refleti sobre a vida que estava vivendo e a sociedade que me cercava, apesar de mim mesmo.

Relembrei minhas perdas significativas e comecei a ponderar sobre o que perderia nos próximos dias. Sabia que nada de bom me aguardava naquele tipo de sociedade.

Ninguém pode viver livremente naquela comunidade socialmente opressiva. É uma das mais masoquistas, um lugar que se deleita em sua própria subjugação, desfrutando do aprisionamento de seus próprios membros.

E eu não aceitaria continuar minha vida naquela terra que agora sei que nunca me amou.

Naquela noite, senti que estava perdendo minha conexão com tudo — com a pátria que nunca me amou, com a família que priorizou a satisfação da tribo sobre a minha felicidade, e com a tribo que me impediu de me unir à minha amada de maneira desdenhosa.

Permaneci acordado durante toda a noite, aguardando qualquer notícia positiva sobre Leila. No entanto, só recebi naquela noite ligações de colegas jornalistas, todos competindo para me informar sobre a participação de nossa colega, que já era amplamente desprezada e combatida por eles.

A notícia da prisão de Leila desceu sobre nossos colegas como um presente do céu, eles estavam triunfantes, inventando notícias como mulheres analfabetas.

Naquela noite, a credibilidade estava ausente, e meu ódio por tudo relacionado à nossa sociedade aumentou ainda mais. Eu odiava tudo até o âmago.

Meu corpo exausto, que não provou o sabor do sono por duas noites consecutivas, desmoronou, e eu cochilei por um curto período. Eu estava entre dois mundos quando Leila ligou, por volta das dez da manhã.

Leila me cumprimentou com uma voz cansada:

— Bom dia, Huzam!

Respondi com uma voz quase falha:

— Leila!... Onde você está agora? O que fizeram com você?

— Por favor, não grite, Huzam, para que eu possa responder às suas perguntas. Não dormi desde a noite passada, e o barulho ainda ecoa em minha cabeça, prestes a explodir.

— Diga-me, onde você está agora?

— Estou em casa, Huzam, não se preocupe.

— Como você está?

— Estou bem, mas muito cansada.

— O que fizeram com você?

— Não fizeram nada, Huzam. Eles ligaram para nossos pais, que vieram nos buscar, como se fôssemos crianças tolas.

— Sinto muito por ter ido até sua casa, Leila, mas minha preocupação com você me levou a essa decisão. Eu temia por você e me vi batendo na porta da sua casa.

Leila respondeu:

— Não precisa se desculpar, Huzam. Sua ação foi correta. Lamento muito não ter informado meus pais sobre o que eu pretendia fazer. No entanto, eu temia que eles me impedissem de fazê-lo. Não considerei a reação deles quando descobrissem que eu havia feito algo público sem o conhecimento deles e sem a aprovação deles. Pensei que o risco valeria a pena e estou disposta a sacrificar-me pelo bem das mulheres do meu país.

Eu respondi:

— Sabia que você se arrependeria, Leila, mas não quis ir contra sua vontade.

Ela continuou:

— Não me arrependo, Huzam, de ter participado da manifestação. Não acho que vou me arrepender. Meu arrependimento é não ter contado a meus pais sobre isso antes de me envolver. Era meu dever informá-los, assim como todas as outras meninas que participaram conosco ontem.

Eu perguntei:

— E agora?

Ela respondeu:

— Acho que as portas do inferno se abriram. O que aconteceu ontem à noite é apenas o começo, Huzam. Eu sei muito bem que a comissão e o governo vão tomar medidas drásticas contra nós.

— Você não tem ideia do custo disso, Leila!

— Huzam, esqueça isso. Você conseguiu filmar a marcha?

Eu disse a ela com embaraço:

— Não pude, Leila. A polícia cercou meu carro e eu não consegui filmar!

Ela disse com desapontamento:

— Eles cercaram nossos carros e nos levaram para a delegacia, mas não ficamos assustadas, Huzam!

—Eu não me assustei, Leila, mas percebi que não havia utilidade em gravar a marcha, especialmente sabendo que a polícia iria me prender e destruir as fitas, já que as viaturas deles estavam ao meu redor.

— Quando vai superar esse medo, Huzam? Acredite, não há sentido em viver uma vida amarrada pelo medo, fraqueza e conformidade!

— Acho que vou deixar este país e todos que estão nele, Leila. Não consigo mais viver aqui.

— Então vá, Huzam. Vá e procure por si mesmo. Não volte aqui até encontrar a verdade.

— Prometo isso, Leila. Prometo que não voltarei até ser livre.

Parti oito semanas depois! Entrei em contato com um jornal árabe sediado em Londres, enviando-lhes meus artigos, reportagens jornalísticas e uma biografia de um jovem desesperado de vinte e seis anos que buscava uma identidade sólida, uma afiliação que não se abalasse, não morresse e não fosse violentada.

A aprovação para trabalhar no jornal veio alguns dias depois, então renunciei ao meu emprego. Comecei a finalizar os procedimentos de viagem sem informar minha família sobre a decisão de partir. Em 29 de dezembro de 1990, embarquei no avião com destino a Londres, deixando tudo para trás: minha família, meu país, as guerras intensas e minha musa Leila! Parti naquele dia sem me despedir de ninguém, sem olhar para trás.

Parti decidindo encerrar tudo o que passou, pois em dezembro todos os sonhos terminam, e em janeiro começa um novo sonho. Em janeiro de 1990, iniciei uma nova vida que não se assemelhava em nada à minha vida anterior.

Eu sou um homem de janeiro até a medula, um homem que detesta o final dos anos e adora o começo deles. Um homem que voa em êxtase em janeiro e fevereiro e se enfurna na melancolia em novembro e dezembro de cada ano.

Acredito que ainda não superei o final de 1990... A decepção ainda preenche minha alma, apesar de ter passado duas décadas enfrentando centenas de desilusões! Leila pode ter sido minha primeira mulher inesquecível, mas minha amada desconhecida que apareceu em fevereiro de 2009 é, sem dúvida, o amor da minha vida.

Não sei se a chegada dela em fevereiro é uma evocação das minhas convicções anteriores ou se o amor realmente só nasce no fervoroso fevereiro, o mês dos amantes.

No entanto, a melancolia começou a se infiltrar em minha alma cedo... Sinto o medo me sufocando cada vez mais à medida que nos aproximamos do final do ano. Algo me avisa que ela desaparecerá em dezembro, como uma cidade mágica que surge em uma noite e desaparece em outra! Eu sou um homem exausto pelas conclusões e começos... um homem que anseia por se estabilizar finalmente, sem finais funestos de dezembro ou recomeços de janeiro... um homem que precisa viver sem ser manipulado pelo destino, que brincou com ele indiscriminadamente por quase vinte anos sem se importar com suas surpresas ao longo desse período.

O destino me assusta desta vez, e eu não sei por que isso está acontecendo comigo...

Acho que estou com medo desta vez porque minha amada é uma mulher muito destinada, sendo a única filha legítima do destino.

Assim, sinto que ele pode tirá-la de mim a qualquer momento, confrontá-la diante de mim a qualquer momento, impedi-la de ficar comigo e levá-la embora.

Sempre acreditei na filosofia de Gaston Bachelard sobre desejo e necessidade, acreditava que o ser humano é governado pelo desejo e não pela necessidade.

No entanto, agora acredito que minha necessidade dela é muito maior do que meu desejo por ela.

Percebo completamente que minha necessidade está me guiando, controlando-me e dominando-me. Hoje, percebo que ultrapassei muito a fase do desejo.

Agora sei o quão intensa é minha necessidade dela e como minhas noções de necessidade e desejo mudaram.

A vida para ambos não passa de um salão de jogos, apostas sucessivas, riscos variados, rostos renovados e perdas repentinas. E ganhos incertos.

A vida é uma amante traiçoeira, a cada dia com um novo amante, uma mulher de humor, uma mulher que nunca confia na felicidade. No entanto, concordamos em não ter medo de nada. Em não temer o destino, e o futuro não deve nos preocupar.

Por isso, tento não pensar muito no que está por vir, não me envolver nos intrincados caminhos do destino.

Lembro-me de que o primeiro presente que recebi dela foi um par de dados. Um dia, perguntei a ela sobre o significado do presente. Recordo-me de como ela sorriu misteriosamente e não respondeu. Desde então, parei de fazer essa pergunta, pois ambos não gostamos de respostas forçadas. Cada um de nós é temperamental, e a repetição de perguntas tira o sabor delas e perturba nosso humor.

Mas volto ao presente dela toda vez que ela prolonga sua ausência. Eu lanço os dados feitos de cristal bruto e observo os números mudando a cada vez que os lanço. Parece que minha vida é semelhante a isso em suas mudanças e vicissitudes.

Ela também é como meus dados, variável e não seguindo um ritmo constante. A cada dia, ela tem uma frequência diferente e novas oscilações. No entanto, percebo que, mesmo assim, ela nunca me decepcionará.

Eu sou um homem que acredita que a decepção é simplesmente um comportamento masculino puro. Somos nós que nos decepcionamos, nós que nos traímos, nós que traímos as mulheres! Portanto, eu não temo as mulheres de forma alguma. Eu sou um homem que não as teme.

Quando a família me decepcionou, a tribo me vendeu e a pátria me traiu, apenas os homens participaram desse leilão. As mulheres não tiveram nenhum impacto ou autoridade. Assim, vivi como um homem cuja única decepção vem dos homens. E como a traição dos homens é horrível.

Gosto muito de pensar no significado dos presentes que recebo, pois cada presente tem uma história e uma mensagem. No entanto, geralmente não pensamos muito no significado do que nos é dado.

No ano passado, no Dia das Mães, eu a presenteei com uma pulseira de ouro delicada, encomendada especialmente para ela em Beirute.

Estava gravado na pulseira (Eu) em belas letras árabes. Naquele dia, ela pensou que "eu" estava se referindo a mim mesmo! No entanto, eu não quis dizer isso de forma alguma. Eu queria dizer (Eu/Ela)! Para que ela sempre pense em si mesma, esquecendo-se deles e delas e pensando apenas nela mesma.

Hoje eu sei que os livros só nascem com desilusões. São as desilusões do destino que nos impulsionam a escrever. Meu entusiasmo pela escrita está perdendo seu brilho, e a escrita já não me atrai como antes.

Parece que minhas escritas só vêm nas trevas da dor, e um homem sobrecarregado de tristezas como eu já não encontra consolo no brilho de suas próprias mágoas!

Agora, uma frase de Alwan Al-Suhaimi vem à minha mente, uma frase que ficou gravada na minha memória desde que a li. Alwan disse em sua obra-prima *A Terra não favorece ninguém* que "as tragédias são ressurreições repetidas". E Alwan não estava errado nisso. Quando caímos em uma tragédia, a ressurreição "mundana" acontece e cessa apenas para que possamos recuperar o fôlego e para nos prepararmos para uma nova ressurreição.

Hoje, eu sei que não nos despedimos da tristeza senão para receber outra.

A felicidade é apenas um intervalo de tempo que separa uma tristeza da próxima. A vida é cruel, muito cruel com os inteligentes. Parece que ela os castiga por tentarem entendê-la e explorar seus mistérios!

A vida castiga os inteligentes e aqueles que buscam seus segredos. Não é dura com os outros. A vida é gentil com os simples e superficiais, sempre os mimando e indulgenciando. Nunca recusa um pedido deles, pois eles nunca ousaram desafiá-la.

Hoje, acredito que a vida me colocou como alvo. Tornei-me alguém de quem ela se deleita em torturar.

A vida me levanta até os limites mais altos do céu e, em seguida, me derruba ao chão para rir cruelmente e com toda vileza.

Um homem como eu percebe, naturalmente, que é mais fraco para desafiar o destino, reconhece que sua guerra contra ele é uma derrota, e que todos os desafios anteriores foram apenas tentativas tolas.

O destino permanecerá o tirano dominante, e o homem continuará sendo o mártir vivo que não sabe quando o destino terá misericórdia e disparará a última bala de compaixão para que ele morra e descanse.

Estou desanimado! Profundamente deprimido... E, geralmente, a melancolia não me atinge durante a escrita de qualquer obra.

Eu sou um homem que sempre amou a fase de escrita, que aproveita tudo o que acompanha essa fase exaustiva, desde a insônia até a dor e a confusão de emoções. No entanto, assim que meu livro nasce e vê a luz do dia, eu sofro de uma melancolia pós-escrita.

Eu odeio o livro a ponto de sentir vontade de destruir todas as cópias. No entanto, desta vez, o estado de melancolia começou cedo. Antecipou-se ao mês de novembro e antecipou-se ao lançamento do meu novo romance.

E não sei se conseguirei resistir até janeiro próximo ou até a publicação do romance.

Agora só sinto que minha vida sempre foi estéril. Percebo que não deixarei nada para trás. Não deixarei uma mulher que me ame. Não deixarei uma criança que carregue um pedaço de mim. Não deixarei uma família. Ninguém sentirá minha falta depois que eu partir, de nenhum lugar. Partirei desta vida abandonando apenas palavras... Apenas palavras... E como são valiosas as palavras.

A vida para mim não é mais do que uma doença incurável, como Sócrates repetia em seus últimos momentos... E realmente não sei como entrei nesse redemoinho! Eu acredito que entrei nesse abismo de melancolia por causa dela! A ausência dela, que se prolongou a ponto de quase me consumir. O amor faz conosco o que mais nada faz.

Ainda me recordo de um amigo que, ao se separar de sua esposa, por obrigação, consultava o telefone a cada dois ou três minutos, esperando que ela tivesse enviado alguma coisa! Imaginava ouvir o som do telefone o tempo todo! Acordava durante a noite achando que ela estava ligando, jurando que ouvia o toque específico dela, apenas para ser confrontado pelo silêncio do telefone a cada vez.

Este meu amigo é um dos mártires do amor e vítimas da sociedade...

Eu detestei o amor por um longo tempo por causa deste homem... Cada vez que o via nesse estado. Eu evitava o contato com mulheres por um longo período, porque temia ser atingido pelo que ele estava passando... Ver ele sangrar amor sem esperança feria o meu coração...

Lembro-me de como ele enviava mensagens vazias para o celular dela... e como seus olhos lacrimejavam quando recebia sua resposta silenciosa com outra mensagem igualmente silenciosa, sem uma única palavra... Eles trocavam mensagens vazias o dia todo... Ela enviava a ele, e ele respondia... Ele enviava para ela, e ela respondia com um silêncio que apenas os dois entendiam...

Estávamos jantando juntos em um restaurante quando ele recebeu uma de suas mensagens... Lembro-me de como ele baixou a cabeça na mesa e chorou em soluços silenciosos! Me assustei com seu colapso repentino, peguei o telefone dele para ver a mensagem dela, era completamente vazia de palavras.

Eu perguntei a ele, surpreso:

— O que ela quer dizer com essa mensagem vazia?!

Ele me disse, com lágrimas nos olhos e dor:

— Quando sinto saudades dela, envio uma mensagem vazia para ela... e quando ela sente saudades de mim, ela também me envia outra. Enviei a ela há pouco tempo uma mensagem porque sinto muito a falta dela... ela respondeu com duas mensagens vazias!

— E o que significam as duas mensagens?!

— Acho que ela sente mais a minha falta do que eu sinto a dela...

Naquela noite, desejei poder trocar tudo o que tenho na vida para que ele pudesse recuperar sua mulher... Naquela noite, percebi o quão cruel é testemunhar a separação de amantes... Como é doloroso ver dois amantes serem separados à força, sem podermos estender a mão para ajudá-los...

Naquela noite, reneguei a vida, a felicidade e o amor, e só recuperei minha confiança neles depois de conhecê-la! Mas temo que o destino tire de mim o que recuperei recentemente... Porque percebo bem que, se perder minha fé no amor desta vez, nunca mais a recuperarei.

Sei que ficarei emocionalmente limitado para sempre e duvido que consiga seguir em frente na vida depois de me despojar também do meu amor.

Fui para o nosso apartamento numa noite de saudade, me deitei no sofá que abrigou nossos corpos na última noite de amor... O sofá estava impregnado com o perfume dela... Eu inspirava o cheiro como se ela estivesse sentada ao meu lado... Como se estivesse me envolvendo... E realmente não sei se o cheiro dela estava realmente impregnado no lugar ou se eu estava o imaginando, assim como meu amigo imaginava o som do toque da esposa.

Hoje, me pego pensando muito no amor que nos leva às fronteiras da ilusão, da saudade e da esperança! Penso no amor que me fez ter relacionamentos com dezenas de mulheres ao longo de duas décadas, mas me faz prisioneiro de apenas uma... Uma mulher que sinto que é suficiente para mim, que me faz dispensar todas as outras.

Eu sou um homem que, quando fica zangado, todas as palavras fervem dentro de mim... Dizem que o homem extravasa sua raiva fumando, praticando sexo ou bebendo. Quanto a mim, sou um homem que só extravasa sua raiva escrevendo e amando... Mas se o amor é a causa da minha agitação desta vez, como expressar o que está borbulhando em meu peito?

De tempos em tempos, eu retiro a libra que ela me deu no último dia de festa do ano passado... Eu o considero como uma herança sagrada!

Naquele dia, estávamos em nosso apartamento, devorando barras de chocolate enquanto ainda estávamos estirados no sofá... Éramos apenas duas crianças compartilhando um sofá, estendendo nossas pernas na direção da mesa à nossa frente, como brincadeira de criança... Eu disse a ela, lambendo meu dedo coberto de chocolate:

— Você sabe que este é o primeiro feriado religioso que passamos juntos, não sabe?

Ela pegou sua bolsa do assento ao lado e tirou uma libra, estendendo-a para mim, dizendo:

— Esqueci que hoje é um dia de festa... Feliz feriado para você!

Eu ri e tirei uma libra da minha carteira para dar a ela dizendo:

— Que seus dias sejam felizes!

Naquele dia, ela riu muito do "seu presente"... Mas eu amei a libra profundamente, coloquei-a no bolso secreto dentro da minha carteira e ela guardou a libra dela em sua bolsa.

Naquele dia, sentimos como se tivéssemos adquirido todas as riquezas do mundo com apenas duas libras! No entanto, a cada vez que a ausência se prolonga, o medo de que reste para mim apenas uma libra dela me consome.

O amor é um presente de Deus que não tem preço...

É um estado espiritual, uma condição que nos eleva ao máximo, transcende para onde não conhecemos... No amor, sentimos como se fôssemos abençoados, profundamente abençoados.

Sentimos que uma aura de pureza nos envolve, que Deus nos abraça com força, que a vida é mais bela do que apenas uma estação... Em cada história de amor, sentimos que estamos amando pela primeira vez.

Nos alegramos como se fosse a primeira vez que experimentamos a alegria... Mas o amor é duro, muito duro... E acho que cresci para suportar um amor ambíguo como o que me une a ela...

Ela é uma condição estranha, uma mulher excepcional... Sua presença é ousada, suas palavras são altivas... Uma mulher confiante, influente e forte... Uma mulher que o destino me enviou em um momento em que eu não esperava surpresas do destino... Sua chegada surpreendente me desconcertou e aumentou minha confusão...

Essa confusão é o que me define, esse homem de humor, contradições... Oscilações... Isso me cansa muito. Mas estou enredado nela e não tenho capacidade de me curar dela.

Às vezes, sinto que minha oscilação de humor é a maldição que me atingiu quando deixei minha terra natal... A terra natal é aquele lugar que amaldiçoa tudo que é belo nela e amaldiçoa todos que a deixam... E só nos resta escolher: ou sofrer lá ou sofrer longe dela...

Eu sou um homem que detesta a pátria, detesta muito, então estou disposto a suportar todas as maldições do mundo... Desde que esteja longe dela... E que não haja nada me ligando a ela.

Antes da sua chegada, eu era apenas um homem comum... E depois que ela veio, me tornei um profeta... Um profeta inspirado... Um profeta que nunca teve nada em sua vida além de livros, cigarros e um piano compartilhado com a vida.

William James alega que a dor é a chave para a criatividade e o caminho do gênio, e eu não discordo disso... Mas quando a dor se intensifica, nos sufoca. Não conseguimos fazer absolutamente nada... E na ausência dela, todas as emoções e pensamentos se dispersam dentro de mim. Não consigo pensar em mais nada além dela... Não consigo engolir o amargor preso em minha garganta.

Um homem imerso em toda essa amargura não conseguirá enfrentar a crueldade que a vida lhe impõe... Hoje, penso muito no que essa mulher está criando dentro de mim. Tenho muito medo disso... Porque percebo bem que, se ela me deixar de repente, nada será capaz de arrancar a raiz da perda dela.

Na vida de cada um de nós, há um fio fino que nos conecta à vida... Assim que esse fio se rompe, perdemos o desejo de respirar, acordar, pensar e viver! E é esse fio que me mantém vivo. Como posso viver sem um elo que me ligue a ela?

Escrevi uma carta para ela, guardei-a no bolso do meu casaco... Talvez um dia eu encontre um endereço para enviá-la. Na minha carta, escrevi:

Por que você não volta?

Mas a carta permaneceu no meu bolso e não saiu de lá. Meu coração continuou gemendo, sofrendo, questionando. *Por que você não volta?* Nenhuma resposta, apenas o eco do *por que você não volta?*... E não encontrei nada para repreender além dos dias, do tempo que nos separa e da presença que eu culpei por essa maravilhosa ausência, mas não encontrei eco para meu lamento, assim como ela também não encontrou eco para o seu.

De vez em quando, dou uma olhada no que Leila escreve nos jornais sauditas... Sua imagem me saúda nas páginas dos jornais, sorrindo em triunfo, como se dissesse através da foto que ela só conseguiu anexar a seus artigos nos últimos anos: "Hoje apareço nas páginas dos jornais, de forma bela, após dois longos anos de proibição pela sociedade e pela lei, tanto para mim quanto para a minha imagem".

Leila, que esculpiu os anos de distância em sua expressão, amadureceu orgulhosa... Ela só voltou a escrever há cerca de dez anos, sua mão se absteve de escrever por anos após a manifestação em que participou... Mas quando voltou, não voltou com princípios diferentes, e suas convicções anteriores não mudaram em nada! Parar de escrever e ser punida não mudaram nada nela.

Pelo contrário, quando ela voltou... Voltou com uma fé ainda mais profunda em sua causa, voltou com uma energia enorme armazenada, buscando implacavelmente a mudança que sempre almejou e pela qual arriscou tanto para acontecer.

Lembro-me do dia em que ela me enviou um *e-mail* em agosto passado... Abri meu *e-mail* do jornal...

Encontrei uma mensagem com o título: *Adivinhe!*

Ela escreveu para mim:

"Querido Huzam, o mestre da escrita árabe, como você mudou! Li seu artigo hoje e comecei a pensar... Como alguém teria imaginado que aquele magro e tímido que conheci por acaso no prédio do jornal há vinte anos se tornaria depois um dos mais renomados escritores árabes?

Você acreditaria? Eu acho que nenhum de nós poderia ter previsto isso!
Não sei se sou a principal razão para a sua mudança, mas tenho certeza, sem dúvida, de que fui uma das razões.
Esquecemos as razões de nossas escolhas, Huzam. Ou nossas razões permanecem vivas em nossas memórias?
Estou orgulhosa de ter sido, uma vez, uma das pessoas mais próximas a você, e sempre me lembrarei de que um dia pensamos em ser uma família.
A propósito, tive meu terceiro filho há alguns meses... Eu gostaria de tê-lo batizado em sua homenagem, mas escolhi um nome novo para que ele comece de onde ninguém terminou.
Esteja bem, e não esqueça da sua razão!
Leila Qandeel."

Sorri quando li a mensagem de Leila, não sorri de alegria, mas sorri por algo que não consigo explicar!

Algumas memórias, quando saltam em nossas mentes, e algumas "figuras do passado", que surgem de repente em nossas vidas de vez em quando, nos fazem sorrir, não de felicidade nem de zombaria, mas porque há algo bonito no passado, e às vezes amargo, que nos visita em um momento em que não esperávamos visitas do passado distante.

Talvez eu tenha sorrido porque ela ainda se lembrava de mim... Talvez tenha ficado feliz por ela... Alegrei-me porque ela se tornou mãe e construiu uma família... Talvez eu tenha sorrido, porque precisava de uma mão afetuosa para acariciar minhas costas, em um passado que não tem carinho para me oferecer...

Hmm, a verdade é que não sei por que sorri! Mas a mensagem de Leila foi a mais bonita que recebi em toda a minha vida.

Mas não soube o que responder, a riqueza das palavras se perdeu e minhas palavras falharam...

Não consegui expressar em palavras simples o que estava acontecendo dentro de mim, sentimentos que não têm explicação... Depois de duas horas de tentativas, escrevi brevemente, sem justificativa.

"Querida Leila,
Prometo que não esquecerei as minhas razões, e que você permanecerá em minha vida como todas as razões.
Mantenha-se bem, e envie beijos para os seus pequenos e para o seu recém-nascido.
Huzam Al-Asim."

 Quando deixei o escritório, fui para o apartamento onde nos encontramos, eu e a "ausente".
 Eu precisava de um lugar que me fizesse sentir amor; minha casa não era acolhedora. Era ampla em solidão, profunda em frieza, o tempo passava devagar.
 Ao contrário do lugar de nosso encontro, que era pequeno, íntimo, caloroso e cheio de nós dois.
 Passei o dia todo pensando em Leila, naquilo que compartilhamos, na nossa história.
 Pensei nos últimos vinte anos. Pensei no que seria se eu tivesse ignorado minhas feridas e permanecido onde estava, e como seria a minha vida agora.
 E se a minha permanência naquele momento foi suficiente para me fazer esquecer a ferida, às vezes sinto que a distância daqueles com quem estava ligado é o que me deixa mais irritado. Tenho um pensamento covarde que teme o confronto de que talvez eu tivesse superado o que aconteceu se eu tivesse ficado...
 Às vezes sinto que minha partida não passou de covardia e que deveria ter ficado e tentado recuperar o que foi arrancado de mim, sem me exilar ou abandonar tudo para viver em paz. Sinto que se tivesse sido mais corajoso e se tivesse enfrentado os acontecimentos com ousadia, poderia ter saído vitorioso...! E se tivesse percebido que a corrente a que me opunha não me teria permitido continuar nadando em seu vasto oceano e em suas águas pesadas e turbulentas, isso teria me afogado e me matado. Mas agora percebo que morrer como um mártir por amor é muito mais feliz do que viver toda a minha vida emocionalmente perturbada.

Era estranho pensar em Leila e na minha ausente ao mesmo tempo... Não sei como elas se entrelaçaram, nem como pensar em duas mulheres, uma das quais se recusou a sair da minha vida apesar de eu não a amar mais... e uma mulher que amo, mas se recusa a ficar.

O amor é uma das coisas mais complexas que nunca conseguiremos explicar. Ainda hoje, me lembro do que aconteceu entre Madeline e Jihad no ano passado.

Surpreende-me como superaram essa dificuldade como se nunca tivesse ocorrido. Surpreende-me a qualidade do amor que os une, a sua natureza e a sua solidez.

Ainda recordo a noite em que Madeline me acordou. Ela ligou por volta das duas da manhã. Eu estava lendo na minha cama, tentando atrair o sono.

Sentei-me assim que vi o número dela na tela do celular, pois Madeline não costumava ligar a essa hora, a menos que fosse algo sério. Ela disse:

— Huzam, estou na porta. Por favor, abre para mim.

Perguntei, surpreso:

— Porta? Que porta?

Ela respondeu com nervosismo:

— Que porta?! A porta do seu apartamento!

Eu disse a ela, enquanto saltava da cama:

— Certo, certo, estou indo até aí!

Tirei uma calça comprida do armário, que vesti rapidamente, e corri para atendê-la. Eu lhe disse ao abrir a porta:

— Desculpe por ter deixado você esperando, Madeline.

Ela disse ao entrar:

— Não se preocupe. Obrigada por ter me recebido nesse horário! Mas eu tinha certeza de que você ainda não tinha dormido, e por isso vim até você.

Enquanto eu preparava a cafeteira, perguntei a ela:

— Fique à vontade, senhora. Conte-me, o que está acontecendo?

Ela disse enquanto enxugava uma lágrima dos olhos:

— Por que as pessoas do Golfo sempre falam libanês com os libaneses e falam egípcio com os egípcios?

Eu respondi, vendo claramente a frustração dela:

— Diversidade de talentos!

Ela disse enquanto tirava o xale do pescoço:

— Que grosso!

Coloquei a xícara de café na frente dela e disse enquanto acariciava seus cabelos:

— Me conta!... Estou ouvindo!

Ela disse, resistindo ao choro:

— Não sei o que te dizer!

— Fale, não pense.

— Hmm, eu fui para Manchester por uma semana... Estava indo visitar uma amiga lá!

— Ah!

— Estava indo visitar Emily Semaan, você a conhece!

Balancei a cabeça em concordância:

— Ah, sim!

— Eu deveria voltar amanhã, mas queria fazer uma surpresa para Jihad, então vim hoje.

Senti que estava começando a entender o que aconteceu, perguntei a ela:

— O que aconteceu?

Ela explodiu em lágrimas:

— Cheguei e a casa toda estava cheia de velas e flores, Huzam! Pensei que fosse para mim! Não sei como pensei assim! Jihad não sabia que eu estava vindo! Mas não sei por que pensei que era para mim! Ah, Deus, que tolice!"

Abracei Madeline com força. Ela disse, entre lágrimas:

— Ouvi vozes no quarto! Imagine, Huzam, na minha cama e no meu quarto!

— Calma, calma! Não fique chateada!!! Todo problema tem uma solução... Se acalme.

— Jihad está fazendo isso, Huzam! Jihad! Eu poderia entender se fosse você, meu pai... qualquer pessoa no mundo! Menos Jihad! Não pode ser Jihad!

— Tudo bem, tudo bem, não fale mais! Levante-se e tome um banho, até eu fazer algo para nós comermos.

— Não consigo, Huzam! Sinto que vou morrer!

— Se uma mulher morresse porque o marido a traiu, metade das mulheres do mundo morreria.

Ela disse enquanto enxugava as lágrimas:

— Você está dizendo que metade dos homens do mundo são traidores?

— Na verdade, todos eles, mas metade desses são aqueles cujas traições se revelam diante de suas esposas.

Ela sorriu amargamente:

— Oh Deus! Eu não sei como você lida com tudo na vida com tanta simplicidade!

— Porque a vida é mais simples do que imaginamos, somos nós que a complicamos, Madeline.

— Aquele que toca o fogo não é como aquele que toca a água! O que você entende? Todo dia está com uma mulher diferente! Você não entende o que significa compromisso, envolvimento e amor!

Levantei-me do meu lugar e a levei pelo braço em direção ao banheiro:

— Vá tomar um banho e eu preparo algo para você comer. As toalhas estão no armário inferior.

Ela entrou no banheiro desanimada, me deixando na cozinha. Eu apertava o peito pela história de amor grandiosa que parecia prestes a desmoronar diante de mim. Eu não estava preparado para aceitar que Jihad pudesse fazer tal coisa!

Embora Jihad fosse um amigo de longa data e apesar de eu ser capaz de concordar com qualquer coisa vinda dele, eu não estava disposto a aceitar que ele machucasse Madeline de alguma forma. Tudo era aceitável, exceto isso!

Madeline e Jihad não eram apenas amigos para mim; eram família em terra estrangeira, o único ponto de referência ao qual eu sempre retornava. Em seu lar, eu me sentia à vontade, sabendo onde tudo estava e sendo reconhecido por tudo em sua casa.

Com a companhia deles, não sinto que sou um estranho, mas sim que sou o terceiro de um trio! O terceiro lado do triângulo que é indispensável e inevitável entre eles.

Eu não esquecerei o dia em que Madeline me apresentou a algumas garotas, com a intenção de me casar com uma delas...

Não esquecerei as caixas de doces que ela me fornecia a cada festa religiosa, nem as surpresas dos meus aniversários que ela preparava e que mais ninguém lembrava. Não esquecerei que ela foi o único rosto que me cumprimentou depois de acordar da cirurgia de apendicite que fiz há vários anos.

Não esquecerei o tapete que ela me deu para orar!

Naquele dia, eu perguntei a ela sarcasticamente:

— Como você, sendo cristã, presenteia um muçulmano com um tapete? Não é isso inapropriado?!

Ela respondeu:

— Eu só queria te ver rezar uma vez na minha vida!

Naquele dia, eu amei mais Madeline, amei sua tolerância, sua pureza, sua fé. Desejei que eu pudesse ser como ela algum dia.

A história de amor entre Jihad e Madeline é à qual recorro nos momentos de desespero. É a história que me faz sentir que um amor, uma mulher, ainda está à procura de mim em algum lugar. Como eles deformam essa história e por que fazem isso?

Madeline saiu do banheiro enrolada em uma das grandes toalhas de banho... Eu disse a ela, com sotaque saudita, enquanto despejava a comida na tigela:

— Parece que você perdeu a vergonha!

Ela disse, ajeitando a toalha em torno de seu cabelo:

— O que isso significa? Não entendi!

— Você anda pela minha casa só de toalha!

— Por favor, você não anda pela minha casa de cueca?!

— Isso foi no passado!.. Agora eu sou um homem respeitável.

— Você sempre é assim?!.. Fala um pouco com sotaques do Golfo, libanês, egípcio e inglês... Qual é a sua história?! Você não tem uma identidade?!

— Eu tenho um passaporte!
Ela ficou em silêncio por um momento e disse com dor:
— Não consigo acreditar no que aconteceu!
Eu disse, enquanto levava a comida para a mesa à qual estava sentada:
— Não pense! Todos os homens são como cães vadios...
Ela riu com desdém e disse:
— Essa é a única palavra sua que gostei desde que eu cheguei.
— Madeline, acredite em mim, você tem quatro opções: ou você ignora o que aconteceu esta noite e volta para Jihad amanhã, perdoando-o como se nada tivesse acontecido, ou você volta para ele e o confronta com tudo o que viu, tentando chegar a um acordo juntos, ou você vai até ele e conta o que sabe sobre o que aconteceu e o deixa para sempre.
— E a quarta opção?
— Ou você o trai comigo, igualando as coisas!
Ela riu do fundo do coração.
— Madeline, se o que há entre eles fosse real, Jihad teria me contado... Isso não passa de uma extravagância. Uma extravagância da qual ele sente vergonha até de mencionar, acredite, Madeline, as extravagâncias acabam assim que acontecem.
— Quem erra uma vez, erra um milhão de vezes, Huzam!
— Madeline, Jihad está começando a envelhecer, e você ainda é jovem. Por causa disso, ele está tentando provar a si mesmo, com uma extravagância, que ainda é desejável e que ainda é jovem.
— Eu tenho 46 anos, Huzam, e você ainda me chama de jovem!
— E ele tem cerca de sessenta anos... então você sempre será jovem aos olhos dele, não importa o quanto você envelheça!
Ela ficou em silêncio por um momento e disse, levando a colher à boca:
— Por que as pessoas do Golfo falam com os libaneses com dialeto libanês mesmo?
— Múltiplos talentos!

Madeline riu. Fiquei tranquilo. E ela voltou para ele no dia seguinte como planejado.

Ela voltou para Jihad como se nada tivesse acontecido... e embora ela tenha decidido ensinar-lhe uma lição dura, eu sabia que era impossível para Madeline considerar trair Jihad como a maioria das mulheres que enfrentam traições em uma sociedade aberta. No entanto, Madeline não era esse tipo de mulher... ela era uma mulher crente, apesar de alguns pequenos pecados... ela era uma das cristãs que não cometeriam um pecado desse tipo.

Ainda me lembro do rosto de Jihad, que piorava a cada dia, mas eu não ousava perguntar sobre as razões de sua mudança e o início da melancolia que estava claramente se infiltrando nele. Não perguntei porque um diálogo assim deveria começar por ele, não por mim, por mais forte que fosse nosso relacionamento.

Mas seu silêncio não se prolongou. Ele me ligou quando eu estava no meu escritório e disse sucintamente:

— Quero te ver.

Encontrei-o como um homem de moral enfraquecida, como se fosse outro. Ele me disse:

— Há algo que preciso te dizer e deve permanecer entre nós.

Eu disse sarcasticamente:

— Você trabalha para o Mossad?[6]

— Para mim, o assunto é mais importante e maior do que qualquer coisa que você possa imaginar.

Disse a ele firmemente:

— Confie em mim!

— Madeline... Madeline, oh Huzam!

— O que há com Madeline?

Ele começou a apalpar suas têmporas nervosamente:

— Eu não sei!

— Você pode me contar qualquer coisa.

---

6 Serviço secreto de Israel que promove operações de espionagem.

— Acho que Madeline não é normal. Há algo nela.
— Algo como o quê?
— Não sei! Não sei.
— Diga-me o que você tem.
— Sinto que ela está me traindo.
Eu disse a ele sarcasticamente:
— Que absurdo!"
Ele disse com irritação:
— Eu sabia que você ia reagir com esse sarcasmo.
— Espere um pouco. Estou apenas surpreso. Todos nós sabemos o quanto Madeline te ama. De onde você tirou essa ideia?
— As ações dela, Huzam! As ações dela! Não é a minha esposa. Ela está se arrumando muito, saindo muito. Claro, eu sei que Madeline gosta dessas coisas, mas não a esse ponto louco.
Eu disse a ele:
— Isso não é uma prova de que ela está te traindo.
— Acredite em mim, Huzam, se eu tiver certeza disso... acredite, eu a mataria.
Eu disse a ele:
— É mesmo! Parabéns para você! Você a mataria porque acha que ela está te traindo, mas não se mataria, apesar de estar traindo-a.
Ele disse, chocado:
— O que você está dizendo? Traí quem, de onde você tirou isso?
Apoiei a palma da mão em sua mesa e me inclinei em sua direção:
— Há um mês! Quando ela estava em Manchester!
Ele se levantou abruptamente e disse:
— E como você sabe?!
— Ela me contou.
— Madeline?!
— Ela queria te preparar uma surpresa. Quando chegou em casa, encontrou algo surpreendentemente pesado.
— Por favor, não me diga!
Eu disse a ele, ignorando-o:

— Ela veio para minha casa... praticamente desmoronada. Mas não se preocupe, não aproveitei a fraqueza e a ferida dela. Entrou íntegra e saiu íntegra.

Ele colocou as mãos na cabeça, dizendo:

— Maldição, Huzam, por essa notícia!

— Você que está errado e eu que levo a maldição?!

— Meu Deus, por favor!

— A última coisa que eu imaginava que você pudesse fazer era trair a Madeline.

— Pelo amor de Deus! Você, todo dia com uma garota, age como se fosse um padre!

— E você se compara a mim? Eu não sou casado. Nunca tive uma esposa como a que iluminou sua vida!

— Que Deus não te abençoe, oh, por que você ficou calado esse tempo todo?

— Ela me pediu para não te contar, e ela possui o direito de ter o pedido atendido.

— Ou seja, a Madeline está me traindo.

— A Madeline não faria isso de jeito nenhum.

— Então, por que ela ficou calada todo esse tempo se não há nada? Nenhuma mulher aceita ver o marido a traindo e ficar quieta. A Madeline não fica quieta, a menos que haja algo.

— Madeline é mais inteligente do que você e eu, ela conseguiu te torturar todo esse tempo sem realmente ferir a fidelidade dela.

— O que devo fazer, meu Deus?

— Me diga primeiro, quem é essa com quem você esteve e desde quando vocês têm um relacionamento?

— Juro por sua vida, Huzam, e pela vida de Madeline. Essa é a primeira vez que faço algo assim em vinte anos.

— Você não vai me dizer quem é ela?

— Uma garota que você não conhece. Conheci ela no avião quando estava voltando da última conferência em Beirute. É apenas um capricho, Huzam. Acredite, me arrependi assim que acordei.

— A razão só vem depois que a ressaca passa.

— O que posso fazer, Huzam...? Me ajude!

— Acho que deveria levá-la de férias, conversar e tentar superar o que aconteceu. Leve-a para as Maldivas, por exemplo, ou Bali. Vá para um lugar onde possam renovar o amor de vocês.

Jihad ficou em silêncio por um momento e depois disse:

— Que Deus não te abençoe... achei que você fosse meu amigo! Como você consegue ficar calado todo esse tempo?

— Também achei que você fosse meu amigo! Que me contaria tudo, mas parece que você também tem seus segredos e mulheres... algo que deixa seu rosto sombrio.

— Por favor, me deixe sozinho. Eu preciso de um tempo.

Levantei-me e fui em direção à porta do escritório quando ele gritou com raiva:

— Não sei por que você fala em libanês quando fala comigo!

Virei para ele, sorrindo:

— Múltiplos talentos.

E saí rindo...

Ri porque Madeline e Jihad se parecem muito, até mesmo suas características se assemelham mais à medida que envelhecem. Como se ambos voltassem ao mesmo útero à medida que cresciam. E eu sei muito bem que essa semelhança não é senão o resultado do amor.

Quando saí, estava totalmente ciente de que deixei Jihad lutando com seus pensamentos, constrangimento e medo de perder Madeline.

Eu comecei a refletir naquele dia sobre por que arriscamos nossas mulheres, se tememos perdê-las. Por que sempre pensamos que estão dispostas ao perdão e que são capazes disso? Por que arriscamos amor, estabilidade, conforto, segurança, tranquilidade e a convivência pela luxúria, geralmente nos arrependendo assim que alcançamos o auge do prazer?

Comecei a pensar nas perdas de homens que são derrotados pelo desejo e cujas mentes falham diante deles. Pensei em quantos relacionamentos ruíram em um momento de fraqueza e quantas histórias terminaram no dia em que um homem perdeu a lealdade devido a um desejo urgente!

Pensei em Madeline, aquela mulher excepcionalmente amorosa, pensei nesta energia de perdão que irradiava dela e na sua capacidade de seguir em frente com tolerância e paz, apesar da decepção que teve com Jihad.

Madeline não me decepcionou. Ela perseverou apesar da amargura do acontecimento. Viajou com Jihad para as Maldivas e eles voltaram como se tivessem acabado de se casar.

Não perguntei o que aconteceu entre eles lá ou como eles conseguiram superar aquela ferida. Tudo o que me importava era que Madeline voltasse a ser uma dama e que Jihad voltasse a ser o homem que Madeline sempre amou... Para restaurar a segurança que me abandonou assim que Madeline, devastada, bateu na minha porta naquela noite!... E para pensar repetidamente como o amor vive apesar das facadas e das balas sem dar o último suspiro e morrer!

Apesar de ser uma pessoa extremamente determinada, eu não consigo me reconciliar completamente com a ideia da morte. Penso muito que "a morte não é o fim da história, mas o começo", uma frase de Mustafa Mahmoud[7] que tenho pendurada em meu escritório há cerca de dez anos. No entanto, ainda desconheço o que está por trás dessa afirmação, o que aumenta minha perplexidade sobre o que acontece após a morte.

Refletindo sobre a luz e a escuridão que podem se apresentar para nós quando morremos, penso no Sirat e no Barzakh,[8] em seu cheiro, em suas cores, em sua natureza desconhecida e no som estrondoso e silencioso da morte.

Sempre busquei compreender a natureza da morte, explorando-a em várias religiões e filosofias, mas ainda não cheguei a uma compreensão clara dessa experiência. Todas as conjecturas ultrapassam minha capacidade de pensamento e, apesar de eu ter me aprofundado no entendimento dos conceitos da morte em várias religiões e filosofias, ela continua sendo um enigma para mim. Me desperta uma curiosidade sobre a existência após a morte, se há outra vida e qual seria a verdadeira natureza dessa experiência.

Todavia, apesar da minha crença de que as afirmações religiosas transcendem a razão, elas não são incompatíveis com ela, como acreditam alguns filósofos. No entanto, anseio por uma resposta que satisfaça essa curiosidade sobre a morte, que agora me aflige com minha ignorância.

---

[7] Médico, filósofo e autor egípcio.
[8] De acordo com o Islã, Sirat é a ponte que atravessa o abismo do inferno e que apenas os justos poderão cruzar. Já Barzakh é o intervalo de tempo entre a morte de uma pessoa e o Dia do Juízo.

Lembro-me da frase simples de Jihad quando discutimos esse assunto. Ele disse, casualmente:

— Não pense muito nisso, Huzam. Você obterá todas as respostas que ocupam sua mente assim que morrer.

Embora a declaração de Jihad tenha sido extremamente realista, ela me desanimou muito! Desanimou-me a ideia de permanecer ignorante sobre o assunto até o momento em que eu passar pela experiência.

Eu sou um homem que não confia muito em teorias, mas, apesar disso, não favoreço a exploração de "todas" as experiências para provar uma teoria, especialmente quando se trata de uma incógnita como a morte. A morte não é como a vida; na morte, não somos tentados pela experiência. Certamente, não somos tentados.

A morte tem uma majestade incomparável! Sua majestade reside no fato de que as testemunhas da morte não têm voz. Quando alguém testemunha a morte, seu som é silenciado para sempre. Pois quando alguém vai à morte, não retorna.

A morte não tem um caminho de volta; é uma via única que recebe os seres humanos e não os envia de volta, levando-os sem retorno. Então, como podemos compreender o significado da morte e entender seu mistério quando os caminhos conduzem a ela e não retornam jamais?

Eu sou um homem que não teme a morte, mas a respeita, respeita mais do que qualquer outra coisa. Eu respeito seu mistério, sua majestade e a dignidade que não tem igual! O respeito da morte está em sua presença, em sua tristeza, em sua escuridão, em seu silêncio e em sua frieza. A dignidade da morte está em tudo isso.

Portanto, sempre me curvei com respeito à morte porque não preciso passar pelo que Voltaire, que dizem ter sido um dos mais ferozes incrédulos, passou.

Ele viveu sua agonia amaldiçoando a morte, percebendo o quão terrível e impressionante é enfrentá-la... Pessoalmente, respeito a morte sem precisar experimentá-la.

Eu a respeito pacificamente e percebo que, inevitavelmente, chegarei a ela. No entanto, não quero morrer de dor, pois, depois disso, ela me machucaria profundamente. Darwich[9] certa vez disse: "Há muitas causas de morte, incluindo a dor da vida", e eu sou um homem que acredita em tudo o que Darwich diz! Eu acredito nele fortemente.

---

9 Mahmud Darwich, poeta e escritor palestino.

Estava escutando a música dos Beatles, *Yesterday*, e comecei a chorar:

"Yesterday
All my troubles seemed so far away
Now it looks as though they're here to stay
Oh, I believe in yesterday
Suddenly
I'm not half the man I used to be
There's a shadow hanging over me
Oh, yesterday came suddenly"[10]

Quando as músicas nos fazem chorar, isso significa que estamos ou no auge da dor ou em tempos de maior necessidade. Ambos os sentimentos são mais amargos do que o fel.

Meu Deus, como é difícil ver um homem na casa dos quarenta chorando por uma música que tem décadas de existência! Mas a música dos Beatles conta minha história! Ela conta sobre minha situação, estando presente ou ausente. Essa música dos Beatles é a herança da humanidade que será deixada na Terra até o dia em que não houver mais ninguém. Meu Deus, sinto como se eu não fosse mais nada na ausência dela. Esses sentimentos são ilógicos. Esses sentimentos não se assemelham à lógica de forma alguma. Mas o amor é uma condição ilógica, e nisso, com certeza, há consolo.

---

10 *Ontem / Todos os meus problemas pareciam tão distantes / Agora parece que vieram para ficar / Oh, eu acredito no ontem / De repente / Eu não sou metade do homem que costumava ser / Há uma sombra pairando sobre mim / Ah, o ontem chegou de repente.*

Quem acreditaria que um homem como eu, um homem em minha posição, passaria suas noites chorando em um sofá impregnado com o perfume de uma mulher cujo nome desconheço? O sofá que se tornou minha caverna desde que ela dormiu nele, desde que ficou manchado com seu batom e impregnado com seu cheiro!

Quem disse que o amor nos dá vida?! O amor arranca a estabilidade, o amor nos transforma completamente! E eu preciso apagá-la completamente da minha vida, preciso arrancá-la da minha história, perder uma parte da minha memória que está ligada a ela. Mas eu sei muito bem que nunca serei capaz de fazer isso.

Quando essa mulher chegou, ela veio sabendo que deixaria uma marca dentro de mim. Veio confiante de que não tinha equivalentes, então sua invasão foi intensa, estrondosa e avassaladora.

Eu sou um homem que só se interessa por mulheres inteligentes. A inteligência de uma mulher não está em sua capacidade de despertar o amor de um homem por ela, a mulher inteligente não é aquela que torna difícil esquecê-la, mas sim aquela que torna impossível esquecê-la.

Minha amada é extremamente inteligente, uma mulher que você não pode ignorar em sua vida ou superar.

A parte mais difícil do amor é quando suas rotinas estão ligadas à outra pessoa, porque esses hábitos nos atormentam após a separação. São as pequenas sutilezas que nos cativam, e eu sou um homem que adora as pequenas sutilezas, sendo profundamente afetado por elas de maneira incrível.

Estávamos nos observando com um amor silencioso em um restaurante. Eu estava recostado sobre meus cotovelos, olhando para ela com fascinação, e ela estava sentada como eu, apoiada em seus cotovelos, em silêncio, como se o amor tivesse amarrado nossas línguas! Um dia, percebi que o relógio dela no pulso direito era diferente de como a maioria das pessoas usava... Perguntei a ela:

— Por que usa o relógio no seu pulso direito?

Ela sorriu e perguntou:

— Por que o seu relógio está adiantado quinze minutos do horário real?

Ri alto, pois ninguém mais jamais percebeu que eu sempre adiantava o meu relógio em quinze minutos. Respondi:

— Eu não sei! Acho que é apenas um hábito! Talvez eu antecipe o tempo ou anseie pelo futuro... E você?

Ela respondeu:

— Eu também não sei! Acho que só estou indo contra a corrente humana!

Naquele dia, tirei meu relógio e o coloquei no pulso direito, imitando-a. E ela adiantou o relógio dela em quinze minutos igual a mim. Para superarmos os habitantes de Londres e termos nosso próprio horário exclusivo. Mas nosso próprio horário começou a me incomodar. Toda vez que olhava para o meu relógio, pensava no momento em que ela voltaria para mim, nas razões do atraso dela... E não conseguia chegar a nenhuma conclusão.

A música dos Beatles intensificava dentro de mim o medo, a fome e a saudade cada vez mais.

> *"Why she*
> *Had to go I don't know, she wouldn't say*
> *I said*
> *Something wrong, now I long for yesterday*
> *Yesterday*
> *Love was such an easy game to play*
> *Now I need a place to hide away*
> *Oh, I believe in yesterday"*[11]

Realmente, eu não sei por que ela precisa partir, ela não me diz essas razões. Verdade seja dita, o amor sempre foi, aos

---

[11] *Por que ela / Teve que ir, não sei, ela não diria / Eu disse / Algo de errado, agora anseio pelo ontem / Ontem / O amor era um jogo tão fácil de se jogar / Agora preciso de um lugar para me esconder / Ah, eu acredito no ontem.*

meus olhos, um jogo simples. No entanto, agora eu preciso me esconder, muito longe. Porque o amor se tornou muito maior do que eu, já não é mais aquele jogo fácil para mim! E realmente não sei se a minha idade é o motivo, ou se minha mulher tem mesmo esse poder.

Na noite de Réveillon do ano passado, durante a recepção de Jihad e Madeline, que costumam me hospedar na maioria das ocasiões, levantei-me para ler para eles e para o pequeno grupo de nossos amigos em comum a lista de planos que eu tinha para o novo ano.

Este era o último ritual noturno de cada ano. Lembro-me de Madeline me perguntar, brincando, depois de eu terminar de ler minha lista:

— E quanto ao amor, Huzam? Não precisa amar?

Naquele dia, respondi a ela dizendo que o amor não faz parte dos meus planos, porque o amor vem sem planejamento. E acho que estava certo. Quando o amor chegou até mim, foi sem aviso prévio, sem permissão e sem planejamento. Quando minha amada apareceu, foi numa noite em que eu nunca esperava encontrar o amor. Foi depois do meu discurso — fracassado — há cerca de dois meses. A conheci em fevereiro passado. Valentim, Cupido, chuva e a cor vermelha conspiraram contra mim. Não pude resistir a eles nem a ela, e o amor floresceu no mês dos apaixonados.

Meu Deus, como o amor às vezes nos machuca. A dor não passa de uma das muitas faces do amor...

Apesar de sempre acreditar que a dor é o que nos impulsiona a criar, a crescer e a nos tornar grandiosos, comecei a acreditar que há uma fase em que, ao atingi-la, nos tornamos incapazes de realizar qualquer coisa! Oscar Wilde certa vez disse que a dor nos afeta muito mais do que o prazer. Acho que ele estava certo!

Lembro-me de ter perguntado a ela um dia se ela considerava o que tínhamos entre nós uma tolice...?!

Ela respondeu simplesmente:

— E se fosse...

— Você comete tolices sem sentir culpa em relação a si mesma...?!

— Eu não cometo tolices, as tolices que me cometem.

Naquele dia, percebi completamente que ela era uma mulher mais reconciliada com si mesma do que eu pensava. Descobri que ela era uma mulher que não se arrependia, que não olhava para trás para quem ficava para trás. Uma mulher que pensava que o erro era quem nos cometia e que nós nunca cometemos o erro. Naquele dia, ela abraçou completamente sua filosofia sobre pecados, tolices e crimes...

Sempre encontrei nos palcos do West End algo da vida além... algo de serenidade, elevação, refinamento, nostalgia e liberdade! Minha amada sempre foi uma das apaixonadas pelos teatros de Londres. Então, a convidei certa noite para assistir a uma das peças que mais amo e que mais me impactaram, *Les Misérables*,[12] de Victor Hugo. Embora eu já tivesse assistido a um número incontável de vezes ao longo de quase duas décadas, a apresentação naquela noite foi completamente diferente para mim... Não foi como qualquer apresentação anterior; foi extraordinária.

Lembro-me de como ela segurou meu braço durante a interpretação poderosa de *I dreamed a dream*.[13] Quando chegou à parte que diz *I was young and unafraid, and dreams were made and used and wasted..."*[14]

Eu senti suas lágrimas escorrendo sobre meus ombros pela primeira vez! Seu choro era orgulhoso, imponente, desafiador, majestoso! Naquele momento, percebi que os momentos mais seguros para um homem são quando ele envolve sua mulher em seus braços, quando ela ocupa o seu o peito. Quando um homem abraça uma mulher que ama, sente que a vida o abraça fortemente com amor!

Nunca soube que existe um tipo de sentimento que vai além do prazer, que transcende a uma fase além do prazer, para uma fase de segurança, tranquilidade e espiritualidade. Esse sentimento eu só experimentei por meio dela, somente ela me conduziu a este vasto espaço de revelação.

---

12 Os Miseráveis.
13 *Eu sonhei um sonho.*
14 *Eu era jovem e não tinha medo, e sonhos foram feitos, usados e desperdiçados...*

As passageiras da cama não me fazem sentir culpa, de forma alguma. Mas elas não criam nada em mim. São passageiras no meu leito que se vão assim que partem! Partem sem deixar nada dentro de mim. Quanto a ela, ela deixa uma marca no meu corpo toda vez que deixa minha cama, uma marca que não se apaga. Cada vez que ela me deixa e se vai, ela deixa algo para mim... algo que não é como qualquer outra coisa! E eu realmente não entendo como ela exerce isso sobre mim.

Quando ela partiu pela última vez, percebi que algo em minha juventude ainda me atormentava, algo que persistia, agarrando-se ao meu interior. Recusava-se a ir embora, a evaporar, a se distanciar de mim.

Compreendi que havia esgotado todas as tentativas disponíveis para encontrar felicidade na vida. Soube que, se essa incógnita partisse de repente, perderia minha capacidade de ser um ser humano completo. Percebi que minhas correntes seriam desfeitas se ela me deixasse. No entanto, nunca pedirei que ela fique. Eu sou um homem que não pede. Eu sou um homem para quem tudo o que é destinado vem sem pedido, sem pergunta, sem apelo ao destino. Nunca implorarei ao destino, nunca pedirei amor, dinheiro ou glória.

Foi destinado a mim viver uma vida de pertencimento e, ao mesmo tempo, sem pertencimento. Fui destinado a viver um vazio interno e morrer cheio desse vazio. Seguirei como disse a poetisa palestina: "Não alcancei um objetivo, não realizei um propósito, uma vida cujo fim é um vazio, um vazio como o começo... Pois isso é o que foi destinado para mim."

No último Dia de Ação de Graças, encontrei uma das personalidades mais proeminentes da sociedade britânica. Éramos convidados para uma refeição organizada por um dos gigantes do jornalismo libanês, que realizou um grande banquete de agradecimento adequado à ocasião e aos seus ilustres convidados.

Após uma longa conversa sobre paz, Israel, Palestina e o mapa do caminho, o "convidado" me perguntou se eu era libanês como nosso anfitrião criativo...

Respondi sucintamente:

— Não, não sou libanês!
— De onde você é?...
— A terra inteira é minha pátria, e a humanidade é minha família, assim como acreditava Voltaire.
Ele sorriu e disse:
— Você não ama sua pátria?
Respondi brevemente:
— Talvez eu a ame!
— Você sabia que Shakespeare uma vez perguntou se alguém havia atingido um nível de desgraça a ponto de não amar sua pátria? Se Shakespeare estivesse vivo, ele teria dirigido essa pergunta a você!
Com um tom irônico, repliquei:
— Se Shakespeare estivesse vivo, talvez ele compreendesse as razões por trás da minha perda sem sequer me questionar.
Ele riu e disse brincando:
— Então, você não tem uma pátria! E você também não tem uma fé?
— Não sei se você me consideraria sem fé! Eu acredito na existência de Deus, com certeza... definitivamente não sou ateu — respondi.
— Como você acredita em Deus se nenhuma das religiões o convence? — ele indagou.
— Certo pensador árabe, Mustafa Mahmoud, afirmou que conhecemos a Deus por meio de nossas consciências, não por meio de nossas mentes, e minha consciência realmente me faz sentir a presença de Deus — expliquei.
— Mas você não pratica os ensinamentos de nenhuma religião para o Deus em que acredita. Então, como você se vincula a Deus sem uma religião a que pertencer? — ele questionou.
— A humanidade é uma religião universal que abrange todas as religiões, meu caro... Então, eu a abraço! — concluí.
Neste momento, o lorde de Londres sorriu com uma expressão fria de convicção, enquanto eu me afastei, sentindo uma dor sutil que começava a se aprofundar em meu ser, uma dor cujo significado eu ainda não compreendia.

Encontrei-a pela primeira vez numa noite chuvosa.

Saí do meu escritório por volta da uma da manhã e fui para um bar próximo. Pensei que um copo de bebida acalmaria meus nervos e me faria relaxar após uma longa noite de trabalho literário, mas algo me fez sair apressadamente do bar... Estava chovendo e eu não tinha guarda-chuva. Corri sob a chuva e, em um momento, ela surgiu repentinamente de uma pequena rua lateral e eu a atingi com força, suas coisas se espalharam pelo chão.

Ambos teríamos caído se não tivéssemos nos segurado e ajudado mutuamente a manter o equilíbrio. Curvei-me para ajudá-la a recolher suas coisas, enquanto me desculpava, e ela me respondia em inglês:

— Está tudo bem, não se preocupe. Eu também nem te notei!

Foi então que percebi os livros que ela carregava, *Assim falou Zaratustra* e *Além do bem e do mal*, de Nietzsche, em inglês, e *A epopeia de Gilgamesh*[15] em árabe. Nesse momento, levantei os olhos para ela, nossos olhares se encontraram, e senti a vida me envolver. Parecia que eu podia sentir a alma dela deixando seu corpo e se fundindo com a minha. Ficamos ali, por cerca de dois minutos, nos encarando sob a chuva, sem pestanejar.

Surpreendentemente, perguntei a ela em árabe:

— Já nos encontramos antes?

Ela respondeu com olhos brilhantes:

— Acredito que sim.

— Quando?

— Em alguma era do passado.

— Você acredita em *karma*?

— Acho que sim...

Nesse momento, ela sorriu, e eu sorri também, uma expressão que, sem dúvida, era a mais sincera de todas! Estendi a mão e a ajudei a se levantar. Observava-a sob o poste de luz ao

---

15 Considerada a obra literária mais antiga já descoberta pela humanidade. O poema épico narra as aventuras de um famoso rei sumério em busca da imortalidade.

lado de onde estávamos. Seus cabelos escuros molhados, seus olhos escuros lutando para permanecerem abertos sob a chuva intensa. Vestia um longo casaco vermelho, um xale de lã colorido envolvendo seu pescoço. Sua cabeça estava coberta por um gorro de lã feito do mesmo tecido do xale.

Atrás dela, aparecia uma bolsa de couro preto, especialmente designada para carregar seu violino.

Comentei, admirando o rosto dela:

— Você percebe quão reconfortante é o seu rosto?

Ela levantou as sobrancelhas com surpresa e depois disse sarcasticamente:

— Reconfortante! Você parece ser bom com palavras bonitas...

Perguntei, sorrindo:

— A chuva te abençoou?

— Talvez! O poeta Siab um dia não se perguntou "Que tristeza o céu envia com a chuva"?

— Vamos concordar que é um amor que a chuva envia...

— Os poemas são textos sagrados, ninguém tem o direito de tocar neles ou agir contra eles!

— Você parece muito chuvosa!

— Na verdade, uma tempestade.

— Nos encontraremos novamente?

— Quem sabe!

— Onde?

— Podemos nos encontrar em outra era, ou talvez não nos encontremos...

— Você não acredita em *karma*?

— Eu acredito, de fato!

Ela sorriu com um sorriso cheio de significado e me deixou para trás sem uma resposta, partindo como um anjo branco envolto em nuvens e neblina. Um anjo que abraça uma antiga lenda suméria venerável em seus braços e carrega um violino em suas costas, desaparecendo sob a chuva como havia aparecido.

Ela ri toda vez que eu a chamo de "reconfortante"... ela pensa que estou zombando dela, mas meu elogio é muito sério!
Certa vez, ela me disse:
— Você me surpreendeu; nenhum homem elogia uma mulher chamando-a de "reconfortante"! Isso não é algo que você diga no primeiro encontro, pelo menos!
Eu disse, envergonhado:
— Eu quis dizer que a sua beleza é reconfortante...
Ela riu até que lágrimas surgiram em seus olhos, então eu continuei a dizer a ela o quão reconfortante ela é sempre que sinto falta do som de sua risada. Ela ri do fundo do coração, e minhas entranhas tremem com ela, liberando milhões de pombas brancas no meu interior, voando e voando, pousando apenas quando ela me deixa sozinho sem ela.
Ela me disse uma vez, mexendo no meu cabelo:
— Você sabe, aprendi a não confiar em homens com cabelos macios... cabelo macio sempre alega a verdade!
— E qual é a verdade?
Ela disse zombeteiramente:
— A única verdade absoluta que conheço contigo é que eu sou reconfortante!
Respondi, rindo:
— Volte para si mesma, porque dentro de cada pessoa reside a verdade.
— Não entendo como você se aparece um Agostinho[16] às vezes, embora o Agostinho explore o limite da fé, e você não tem limites!

---

16 Aurélio Agostinho de Hipona, ou Santo Agostinho, foi um importante teólogo e filósofo do cristianismo que analisou as relações entre fé e razão.

Eu disse a ela:
— Não importa, o que importa para mim é explorar o seu limite.

Mas eu percebia firmemente que ela era uma mulher sem limite, além de todas as crenças, todas as noções, todas as certezas. Ela oscilava entre o máximo de certeza e o máximo de dúvida, uma mulher que ultrapassa todas as convenções, todas as obviedades, todas as certezas. Uma mulher que você não pode confrontar e não tem vontade de manipular.

Então isso te prende novamente na armadilha do desejo e da habilidade... para que os opostos façam um longo jogo contigo e você não chegue a nenhuma solução!...

Ela é uma mulher que desperta em mim alegria, assim como desperta em mim tristezas incompreensíveis, mas detesto tristeza... A vida não respeita os tristes e não respeita suas tristezas, e eu sou um homem que exige que a vida lhe preste respeito.

Eu sou um homem que não curva a cabeça para a vida. Se a vida me quebrar, basta-me ter resistido e não ter sido derrotado, como disse uma vez a Dama da Palestina.[17]

Às vezes, penso que os escritores escrevem para transmitir mensagens particulares àqueles que passaram por suas vidas! Assim, eu a encontro muitas vezes nas entrelinhas dos meus escritos. Eu transmito a ela, nas linhas do meu texto, a saudade, a tristeza, a decepção, o medo, o amor e a raiva, sem escolha ou vontade. Não escolhemos o que escrevemos ou criamos. Nós apenas transferimos palavras para o papel à nossa maneira, com a nossa formulação. A escrita é uma inspiração que vem de onde não sabemos, mas a escrita é a minha voz estridente. No amor, precisamos gritar com todas as nossas forças para amedrontar o destino e desafiar o mundo, mesmo que muitas vozes se juntem sem resultado ou benefício!

Às vezes, tenho a sensação de que o destino rouba de nossas bocas as expectativas para transformá-las em eventos

---

17 Hanan Ashrawi é conhecida como "Dama da Palestina". Ela é uma figura proeminente na política e ativista dos direitos humanos.

futuros. Por isso, tornei-me muito cauteloso com o destino. Não expresso mais as coisas que o destino pode arrancar da minha boca para registrá-las no livro do futuro e realizá-las sem um desejo real de minha parte para que se concretizem.

Voltaire, que dizia que "não se importava em não ter uma coroa na cabeça enquanto tivesse uma caneta na mão", entendia que a escrita é o segredo da imortalidade. Ele percebia que nossa obra literária é o que nos eterniza.

Se a imortalidade não nos garante felicidade em nossas vidas, a dor é o caminho dos grandes. A infelicidade é imposta a todo criador, pois a imortalidade tem um preço que o grande deve pagar. Não há imortalidade sem custos! E não há criação sem sofrimento. A felicidade não nos motiva a escrever literatura de forma alguma! A literatura é o que nos entristece, o que nos faz chorar. A literatura tem raízes profundas na filosofia do choro.

Quando deixei Riad há duas décadas, acreditava que o choro era uma característica das mulheres. No entanto, a vida me ensinou que o choro é uma característica dos justos. Mesmo que eu não me considere justo, não me acho e nem me importo! Quem se importa em sê-lo numa época em que os justos não têm mais critérios? Neste momento, não distinguimos os justos dos desviados. As aparências dos dois tipos estão se tornando semelhantes, e seus comportamentos estão quase se tornando idênticos.

Acredito que superei a ideia de viver para provar aos outros que sou justo, como fazem muitos homens árabes que passam suas vidas tentando provar sua justiça para suas comunidades. Parece que eles nascem marcados com essa acusação que precisam negar e provar sua inocência.

Eu admito, confesso e me orgulho de praticar algumas atitudes consideradas injustas. A prática delas não me envergonha, não me assusta e não me diminui. A masculinidade não precisa de prova, enquanto a humanidade precisa ser comprovada a cada momento. Praticar algumas atitudes consideradas injustas não significa que sou um homem sem ética, e não diminui minha humanidade, pelo contrário, acredito que a fortalece de alguma forma. Eu valorizo tudo o que fortalece a minha humanidade.

Em uma noite, perguntei a uma amiga escritora por que ela escrevia.

Ela me respondeu:

— Porque escrever é doloroso, e a sua dor me traz prazer.

Naquele momento, eu sorri e fiquei em silêncio. Eu estava pensando sobre como o sexo e a escrita se entrelaçam, refletindo sobre a febre da escrita que me cega para tudo, exceto o corpo diante de mim quando a febre do desejo me ataca.

Eu anseio pela escrita da mesma forma que anseio pelo amor. Assim como a maioria dos escritores se abastece da escrita para o amor e se abastece do amor para a escrita.

Minha amiga, que sente "a dor da escrita como prazer", é a mesma mulher que se deleita com a dor em uma cama, onde se entrega a tudo, menos a deixar de ser uma mulher.

A escrita é selvagem, rebelde, bárbara, uma revolução, uma virada e é aleatória. A escrita é um abraço e uma libertação. Um abraço consigo mesmo e uma libertação de si mesmo. É uma barbárie que reúne as letras do alfabeto em duas palavras, com significados unidos apenas pelo estado de escrever.

Eu não escrevo para provar minha pureza nem para praticar a imoralidade. Eu escrevo para respirar, viver, dormir em um amanhã que me reserva algo. A música e a literatura são tudo o que possuo nesta vida. No entanto, os destinos dos escritores e músicos são brincalhões.

Chopin, que morreu aos trinta e nove anos, e Mozart, que morreu antes de completar trinta e cinco, eram talentosos. A música era a vida, o prazer e os sonhos mais belos para eles. Mas a morte não lhes deu muito tempo, como se ela estivesse retirando tudo de quem se destaca na vida: o êxtase, a grandeza, a espiritualidade e a elegância.

Hoje, eu entendo que os destinos que nos fazem perder a cabeça pelo amor, arte e literatura merecem respeito. Hoje, percebo que escrever é uma forma de insanidade, mas compartilhar sua vida com um artista ou um escritor apaixonado é uma loucura incomparável.

Sempre penso no que falou Waciny Laredj[18] em seu romance *O colar de jasmins:*[19] "Quão difícil é amar uma mulher artista ou uma escritora obcecada pela vida!".

Pensando! Será que em algum momento o grande escritor argelino sentiu o quão árduo é amar uma mulher artista ou escritora obcecada pela vida?! Ou será que, assim como eu, ele vê que as artistas e escritoras são aquelas que causam cansaço, loucura e obsessão à vida?

Lembrei-me de Jihad, a quem perguntei certa vez numa noite sombria:

— Qual é a diferença entre as mulheres e a loucura?

Jihad estendeu a mão até meu ombro, segurando um fio de cabelo preso ao meu casaco, levantando-o diante do meu rosto e dizendo sucintamente:

— Um fio de cabelo.

E Jihad nunca mentiu sobre isso. As mulheres são aquelas que nos fazem perder a razão, que roubam a realidade de nós, nos despojam de toda certeza.

As mulheres não são nada além de causadoras da desordem, o meio mais agradável de prazer, ou das nossas feridas e dos momentos mais amados. Nossa fé, nossa negação, nossas obediências e nossas falhas.

As mulheres são aquelas que moldam nossas vidas, que se moldam a ela, misturando-se com ela em uma submissão falsa, até percebermos que somos nós que criamos essa vida e a conduzimos com a ingenuidade masculina que não tem igual neste mundo de ingenuidade.

As mulheres, no auge do amor, podem ficar cegas e audaciosas, mas os homens, em seus extremos, podem enlouquecer e se perder.

Em todos os contos da história, nunca encontrei um relato em que uma mulher tenha perdido a vida por amor.

---

18 Escritor argelino.
19 O título original é *Tauq al-yasmin* (طوق الياسمين).

As mulheres, apesar de seu extremismo emocional, conseguem manter suas mentes, mesmo nas situações mais intensas.

No amor, uma mulher pode sacrificar sua reputação, felicidade, dignidade, orgulho e até sua família, mas ela nunca sacrifica sua mente, mesmo que não a use. Muitas vezes, elas não usam suas mentes no amor.

Algumas mulheres causam a falta de desejo de alguns homens pela vida, enquanto outras aumentam a aderência dos homens a ela. Minha amada é uma mistura dos dois tipos. Com ela, morro e vivo. Em sua ausência, anseio por uma morte que me livre das agonias da expectativa, e em sua presença, temo que os momentos da minha vida passem rápido demais, então oro para que ela se demore.

Dizem que a duração dos relacionamentos amorosos abertos é muito mais longa do que a dos casamentos, porque o medo da perda mantém o relacionamento em seu auge. No entanto, esse medo nos tira a capacidade de dormir e respirar. O medo da perda nos lança numa espiral de instabilidade, caminhando descalços sobre o inferno da saudade, e nos queimamos completamente, perdendo a sensação de tudo.

Eu sou um homem que esconde a vida sem sensação. Sou um homem cuja vida é mantida viva apenas por seus sentimentos. São meus sentimentos que me fazem tocar e escrever. Eu só toco o que me ilumina e só escrevo o que me inspira.

"Se há um livro que você deseja ler, mas que ainda não foi escrito, então você deve escrevê-lo."

Eu sinto a citação de Toni Morrison gravada com precisão na minha carteira de cigarros sempre que hesito sobre o que escrever. Um dia, eu não sei por quê, eu gravei essa citação na carteira! Às vezes, imagino que uma declaração "genial" como essa deveria ser esculpida na fachada das bibliotecas mais prestigiosas do mundo, e não em um estojo de cigarros de platina... Acredito que escolhi gravá-la na minha carteira porque ela sempre está diante dos meus olhos... para lê-la frequentemente e ser continuamente inspirado.

Mas hoje, eu não sei o que quero ler antes de escrever! Hoje, estou à beira das minhas últimas páginas... na minha mente, centenas de ideias que colidem umas com as outras a cada dia.

E esta revolução não tornará apenas a minha narrativa tumultuada, esta revolução quase me faz perder a sanidade... Esta revolução faz com que meus nervos estejam fervendo, faz com que meus pensamentos oscilem entre os extremos, entre a intensidade e a suavidade, entre a rigidez e a fragilidade... Meus sentimentos são extremos em todas as suas formas.

Quando escrevo, sinto como se um fardo pesado estivesse sobre o meu peito. A escrita me faz sentir como se estivesse participando de uma maratona interminável, correndo e correndo até chegar à linha de chegada e desmoronar.

Cada vez que termino de escrever uma história, me deparo com a perda de uma parte significativa do meu peso, como se eu não me alimentasse durante a escrita além das letras e palavras. O ato de escrever não me isola apenas... ele me envolve em um confronto feroz com meus sentimentos e pensamentos, então eu me submerjo completamente, sem consideração pelo corpo que abriga minha alma e a mantém falando.

Durante o processo de escrita, não tenho apetite, fumo vorazmente, leio aleatoriamente e de forma voraz, e mergulho na música com extrema ferocidade.

Não saboreio o sono a não ser depois de ficar bêbado ou me derramar sobre o piano, só para acordar depois de quatro ou cinco horas com as marcas de suas teclas deixando vestígios em meu rosto exausto.

Esta loucura que vivo torna-se cada vez mais perturbadora. No entanto, não consigo conter minha própria loucura. Na escrita, eu não me controlo; uma força invisível manipula-me enquanto escrevo, tornando-me extremamente boêmio. Mas isso não me envergonha, pois sempre acreditei que a inspiração da escrita é nada mais do que um estado de encantamento. Os escritores são apenas um grupo de possuídos, e quem sofre do toque da escrita tem uma cura nas palavras sagradas e não há tratamento que o salve desse toque.

Eu sou profundamente possuído pela música e pela literatura, dois lados da beleza artística que não entendo por que me surpreendem, sempre ao mesmo tempo, quando escrevo. Notas musicais dançam sobre a minha cabeça e, quando eu toco, um vulcão de pensamentos irrompe, acalmando-se somente quando meus pensamentos são derramados como tinta.

Apesar da minha *chopinidade* e da minha lealdade ao grande Chopin, tenho sentido uma inclinação crescente pelas melodias orientais ultimamente...

Os árabes nunca foram capazes de criar nada tão acolhedor, exceto por essas melodias...

Anseio pelo som do alaúde e do qanun,[20] pelas muwashahat andaluzas[21], pelos maqams Nahawand,[22] pelas notas ensolaradas, longe das atmosferas de Bach, Haydn, Mozart e Beethoven... longe do meu mestre Chopin.

Não sei se essa ânsia aguda é um sinal perigoso ou não, mas eu temo tudo o que me conecta à minha orientalidade,[23] à minha arabidade... No entanto, a música não tem nacionalidade nem raízes nacionais, mesmo que a atribuamos a uma região ou etnia. Então, por que temo a música oriental como se eu temesse ser seduzido por ela e voltar ao amor que pensei ter arrancado completamente do meu coração?

Sinto falta de *Ayyuha Al-Saqi*, de Ibn Zuhayr... *Jadaka Al-Ghaithu*, de Ibn Al-Khatib... e *Lamma Bada Yatathanna*, daquele que não conheço![24]

Anseio por música com melancolia, por poesia espiritual, por muwashahat sufis[25] e por poesia obscena. Sinto falta das noites de música árabe, calorosas, carinhosas e de profunda tristeza.

---

20 Instrumento de corda tradicional no Oriente Médio.
21 Gênero musical clássico ligado à música andaluza.
22 Sistema de modos melódicos usado na música árabe. Os tipos de melodias são classificados em famílias, sendo Nahawand o que expressa emoções extremas.
23 Característica do que é oriental ou está localizado no Oriente.
24 Títulos de muwashahat árabes.
25 Refere-se ao sufismo, uma das dimensões místicas do Islamismo.

...Quantos árabes são amaldiçoados porque algo de suas terras e de sua história permanece neles, não importa o quanto tentem erradicá-lo. A arabidade é uma doença genética incurável, um mal com o qual convivemos onde quer que estejamos e para onde quer que vamos. Não temos a capacidade de nos livrar dela, mesmo que desejemos e busquemos tratamento.

E a música árabe é uma forma de magia que não se compreende nem se resolve... e eu sou um homem que só é encantado pela arte!

Algumas peças musicais me levam para além deste universo, algumas delas indiscutivelmente transcendentais. Quando você as ouve, sente que está preso em espaços infinitos que nunca terminam.

Algumas peças nos roubam, nos matam e nos trazem à vida! Lembro-me de como minha noite se tornou espiritual a ponto de chorar quando ouvi a peça *Silk Road*, de Kitaro,[26] pela primeira vez. Naquela noite, senti como se tivesse atravessado os céus, o místico, o mitológico, o mágico e até mesmo os céus estrangeiros. Naquela noite, juro que senti que tinha passado por todas as sete esferas celestiais... todas elas.

...E hoje, ainda ouço *Silk Road* com o mesmo anseio espiritual. A mesma necessidade.

A música é um estado que não é compreendido... não se compreende! Um estado que nos faz sentir tudo o que podemos sentir. A música nos despoja de tudo o que é falso... ela remove a falsidade, a mentira e o embuste. A música é um estado de criação humana, assim como a escrita em sua totalidade; compor peças é como escrever livros. Ambos exigem que você se una consigo mesmo, que se desvencilhe de tudo, exceto de si mesmo. Que liberte sua alma do corpo até se elevar e se tornar éter, nada além de éter.

E ela, doente pela música, assim como eu! Certa vez, presenteei-a com a coleção completa do grande músico holandês André Rieu. Eu sabia que ela amava o violino. Naquela noi-

---
26 Músico japonês.

te, estávamos acordados juntos. Ela usava um vestido branco como uma noiva coroada. Sentados à mesa, comíamos azeitonas e queijo branco com garfo e faca, com uma elegância que não combina com quem come azeitonas e queijos como jantar! Ouvíamos uma das peças de Chopin em silêncio excitante.

Ela disse:

— Uma peça bonita!...

Eu perguntei a ela:

— Você sabe de quem é?

Ela respondeu com um sorriso sem olhar para mim:

— Noturno em dó sustenido menor de Chopin.

Ela me surpreendeu muito e me tocou profundamente! Não há nada como uma mulher que ama e entende música, talvez até a crie! Nada se compara a uma mulher que pode distinguir as composições de Chopin e compreender cada nota musical tocada!

Eu disse:

— Quando te vi pela primeira vez, você estava carregando um violino nas costas!

— Você não gosta de violino?

— Prefiro a flauta!

Ela apontou para os meus dedos:

— E o piano?

Eu disse a ela, sorrindo para a sua esperteza e indo para meu escritório:

— A propósito! Eu trouxe para você um presente há muito tempo, mas eu esqueço toda vez de te dar! Então, digamos que você vai embora antes que eu te dê!

Ela disse sarcasticamente:

— Talvez você não me encontre quando voltar!

Eu trouxe o presente dela que estava dentro do meu escritório há semanas, esperando que ela ficasse para pegá-lo, coloquei-o na frente dela sem dizer nada e retornei à minha cadeira.

Ela levantou as sobrancelhas com surpresa quando abriu a caixa de presente e começou a olhar os álbuns de André Rieu com espanto.

— André Rieu!
— Senti que você gosta de valsa.
— Por que valsa em particular?
— Um dia, enquanto ouvíamos *Noites de Viena*,[27] você disse que prefere esse tipo de música, e ninguém faz valsa como André Rieu.
— E quem mais eu prefiro?
— Sabe quem eu prefiro?
— Hmmm, Chopin, Voltaire, Fairuz, Darwish, Frank Sinatra, Beatles, chá inglês, suéteres da Ralph Lauren... e ternos de Armani!

Eu ri:
— Você está fuçando nas minhas roupas?
— Algo assim!
— Isso sugere que você é uma ladra!

Ela sorriu com um sorriso significativo e disse:
— E o que mais?

Eu me apoiei em meus cotovelos, segurando meu queixo:
— Então, vamos lá... humm... Você toca violino... Reza uma oração que eu não conheço!... Gosta de Saadoun Jaber, é iraquiana... e abraça a filosofia de Nietzsche!
— E depois?!
— É uma mensageira...!

Ela ergueu a sobrancelha:
— Uma mensageira de dúvida?!
— Uma mensageira de amor, inspiração e convicção.
— Como você é bom com poesia!

Ela pensa que sou habilidoso com poesia, sem perceber o quanto ela é habilidosa com o renascimento, um renascimento de felicidade, êxtase e esperança. Ela não sabe o quanto me faz sentir vivo.

Eu anseio pela vida e estou imerso nela até a última gota. Sedento e faminto por todas as suas delícias, apesar da minha imersão total nela.

---

[27] Música da cantora Asmahan.

Muitos acreditam que se envolver em algo nos satisfaz, mas eu acredito que o envolvimento e a satisfação não seguem necessariamente a mesma regra. O conceito de prazer é mais complexo do que parece. Não alcançamos o prazer ao alcançarmos o que desejamos, pois o prazer pode estar na privação às vezes. Além disso, alcançar e realizar também traz outra forma de prazer. O conceito de prazer é complicado e está além de nossa compreensão.

Não entendo minhas necessidades, não entendo por que anseio por certos prazeres e por muitas coisas que ninguém mais deseja.

Sou um homem dominado por pensamentos passageiros, desejos urgentes e impulsos cuja natureza e origem desconheço.

Apesar de tudo isso, não consigo acompanhá-la em sua liberdade de pensamentos e fervor de sentimentos. Ela que entra em erupção sem motivo, acalma-se sem deixar vestígios sobre a causa de sua súbita tranquilidade após uma revolta de raiva ou um momento de crise repentino!

Não sei se o desejo dos homens por mulheres misteriosas e contraditórias é inato ou se há algo que nos impulsiona em direção a mulheres que não compreendemos e que muitas vezes nem elas mesmas sabem o que realmente querem.

Os homens muitas vezes acreditam que são muito mais inteligentes do que as mulheres, embora o mundo das mulheres continue sendo um mistério para os homens. Apesar de sua complexidade, a fêmea, mesmo no reino animal, parece ser o sexo considerado menos inteligente, mesmo quando a natureza dos machos não difere muito da natureza dos homens.

Às vezes, penso na diferença entre minha virilidade e minha masculinidade. A virilidade e a masculinidade são governadas por uma controvérsia que não foi totalmente resolvida no mundo oriental, especialmente entre os árabes que exageram na "virilidade" ilusória.

Recebi, em certo ano, solicitações de Jihad para contratar novos redatores para o jornal. Ele confia em minhas escolhas para talentos jovens. Me ofereceu a proposta acompanhada de alguns artigos para eu revisar.

Ao ler o formulário preenchido por um candidato, fiquei surpreso ao ver que ele havia riscado a caixa do gênero, que deveria ser marcada como feminino ou masculino, e escreveu acima dela "homem"! A palavra me intrigou, pois não compreendi como o gênero pode ser descrito como "homem". Naquele momento, tentei imaginar o escritor, que não incluiu sua foto pessoal junto com seu currículo, como se sua masculinidade o dispensasse de qualquer traço distintivo.

Quando o encontrei, estava buscando nele a "masculinidade" que ele alegava ter... Não havia nada em seus pensamentos que orgulhasse um homem... E seu corpo não era forte ou robusto... Era um jovem franzino com ideias retrógradas... Acredito que eram esses pensamentos antiquados que ele associava à sua masculinidade!

Quando ele saiu do meu escritório, lembrei-me de uma nota que ela havia escrito para mim... Abri a gaveta da minha mesa, onde eu guardava recortes de papel que ela costumava deixar para mim na casa onde nos encontrávamos... Li a nota que ela havia escrito para mim...

"Soprei a alma em meu corpo e acordei antes de você... Ultrapassei você nesta manhã... Então, vou correr para a vida antes que você acorde... Bom dia, meu último cavalheiro respeitável!"

Quem disse a ela que eu sou o último cavalheiro respeitável? Eu não sou o último, o primeiro, ou sequer um deles... Eu sou um homem que não se orgulha de sua masculinidade e não se importa com isso, então, por que ela insiste em me lembrar disso?

Será que ela está me provocando, flertando ou me convidando a refletir sobre minha respeitável masculinidade?

Ela, que se apressa para a vida com a mesma avidez que eu... Por que ela tenta me privar da vida? Por que ela tenta mudar quem eu sou... e como ela pode questionar cada convicção minha?!

Ela, que antecipa minha entrada na vida a cada manhã, como se temesse que sua alma permaneça distante dela... E eu, que acordo a contragosto todos os dias, como se minha alma preguiçosa temesse retornar ao meu corpo e habitá-lo.

A vida me perturba apesar do meu amor por ela...

A vida é um enigma, é um conjunto de semelhanças diferentes e contraditórias; todos vivemos a mesma história. E cada um de nós tem sua própria história, semelhante às dos outros, mas diferente ao mesmo tempo. Nossas histórias são unidas por detalhes similares e, mesmo assim, continuam diferentes em seus pormenores. A vida permanece um mistério que não conseguimos entender, não importa o quanto tentemos compreendê-la.

Eu e ela... Estamos sonhando ou somos personagens de uma história? Será que nosso sonho foi tecido pelos anjos ou é uma narrativa que minha consciência inconsciente criou para mim?

Uma vez, ela me perguntou:

— Se imaginarmos que eu não sou humana, você acha que ainda seríamos capazes de continuar juntos?

— Com certeza!

— E como seria isso?

— Assim como Aníbal[28] acreditava, "ou nós encontramos um caminho ou abrimos um".

Ela sorriu:

— Aníbal!... Você acredita no mito de Aníbal!... Porque ele é um cartaginês oriental?!

— Não, mas porque os verdadeiros heróis não "enganam", eles "escrevem".

— Você vai escrever um dia?

— Apenas os grandes escrevem.

— Johnson diz que algumas pessoas são grandiosas porque as que estão ao seu redor são pequenas.

— Eu concordo com Dickens, os verdadeiramente grandes fazem com que cada pessoa se sinta grande. E quando estou com você, me sinto assim também.

---

28 General e estadista cartaginês que se tornou célebre durante a Segunda Guerra Púnica, travada entre Roma e Cartago.

E a verdade é que eu só me sinto grandioso quando ela está envolvida nisso, ou ao lançar um dos meus livros. Quando um livro é bem-sucedido, quero dizer, quando milhares de cópias são vendidas, e não apenas recebe a aprovação dos críticos, há algo que continua a dançar dentro de mim até o próximo lançamento de um novo livro. Isso me faz sentir embriagado com o sucesso, até o sucesso do meu novo livro ou o seu fracasso.

Assim como no amor, em que as dores do amor e da separação permanecem na memória do amante até que um novo amor o tire do buraco anterior, para retornar como um cavaleiro em uma nova história de amor.

As histórias de amor que vivenciamos são o nosso belo passado, nossas ações tolas, nossos sonhos tolos e nossas fantasias ilógicas no amor, que nos fazem rir quando as lembramos em momentos em que o riso não seria a primeira opção.

O amor verdadeiro é o que nos faz sorrir apesar de tudo... Não importa quão dolorosa seja a memória desse amor, não importa quão amarga e difícil ela tenha sido... e não importa como esse amor chegou ao fim... o amor é o que nos faz rir e nos faz sorrir após a cura das nossas feridas, apesar das cicatrizes. No entanto, a vida, às vezes, nos força a dobrar a dor quando nos obriga a tomar decisões amargas.

Na vida, enfrentamos esse dilema muitas vezes, e o que isso deixa em nossos corações não desaparece nunca, mas permanece vigilante, pulsante, ardendo, não importa quanto tempo passe. Essas situações nos fazem sofrer a ponto de sentirmos que nossas almas estão prestes a se despedaçar de tanta dor.

Eu admito que fico mais fraco quando sou derrotado. Minhas forças desmoronam, meu coração desacelera, minha língua fica pesada e meus pensamentos ficam preguiçosos. Isso me assusta muito; isso aumenta minha tristeza até eu sentir que vou morrer de tanta melancolia.

Sempre penso se mereço realmente toda essa tristeza e desânimo. Penso se Deus está me castigando por algo que não entendo, na verdade, por coisas que não compreendo. No entanto, não entendo, então como posso admitir algo que não compreendo?

Às vezes, sinto que Deus não vai me punir apenas por minhas ações, mas também por meus pensamentos e sentimentos, pelo que amo e pelo que não amo.

Mas Deus é mais justo que isso, então por que esses sentimentos me assombram às vezes?...

Dizem que "as horas mais sombrias são aquelas que antecedem o amanhecer", mas as minhas horas sombrias se prolongam e se prolongam... e meu amanhecer esperado ainda está distante... nem a escuridão diminuiu e nem um lampejo de luz surgiu... e meu medo é ficar prisioneiro das noites escuras aguardando uma manhã que me desgasta... exatamente como a sua volta que não é compreendida, quando ela retornou após uma ausência... ela deixou uma carta para mim no sofá da "nossa" casa... eu peguei o papel com dedos ansiosos para ler suas palavras habilmente escritas. Ela escreveu: "Ahlem Mosteghanemi[29] diz que as coisas íntimas devem ser escritas e não faladas, pois escrever é uma confissão silenciosa.. e eu confesso que sinto muito a sua falta. Nos vemos!".

Nos vemos! O que significa nos ver e quando nos veremos...? Você acha que vou continuar por muito tempo no jogo de adivinhações...? E que a minha paciência não vai se esgotar...? Você gosta de manter nossa relação enigmática...!? Não teme o mistério como todas as mulheres...!? Você se contenta com isso...!? Durante as últimas duas décadas, sempre senti que o casamento é uma forma de escravidão, considerei uma situação de tristeza opcional... uma situação masoquista, na verdade, em seu extremo...

A estranheza está no fato de que não pensei em casamento desde que deixei meu país, apesar de ter conhecido centenas de garotas. No entanto, nunca senti o desejo de me casar com nenhuma delas, mas meu amor virou todas as minhas expectativas e mudou todas as minhas ambições. Agora, anseio pelo dia em que teremos um lar "real". Para abrir a porta de casa quando eu voltar, para sair da cama de manhã enquanto ela ain-

---

29 Escritora argelina.

da está dormindo, e perceber plenamente que a encontrarei ao voltar, e que ela não me deixará nem partirá.

O amor, por si só, é o que nos faz "humanos", abrir mão de qualquer coisa e de tudo em troca daqueles que amamos e do que amamos. Quando deixei meu país e minha família sem remorso e sem olhar para trás, fiz porque não amava mais o que costumava amar. Fiz isso porque amava uma mulher que não pude ter, então, não tinha mais nada a perder.

Mas agora penso, se minha mãe estivesse viva quando parti, eu teria coragem de ir embora?

Eu teria partido dela como deixei sem pensar todos aqueles que significavam algo para mim?

Eu sou um homem que sempre amou seu pai, apesar de todas as suas falhas e defeitos. No entanto, o vínculo de amor entre um filho e seu pai não é como o da mãe! A mãe permanece a maior fraqueza na vida de um homem. Mesmo décadas após sua partida, as lembranças da mãe continuam impactantes. E que impacto!

Hoje, não sei se meu pai está vivo ou se partiu! Mas as mensagens que chegam para mim através do meu *e-mail*, indicado na última coluna do meu artigo semanal no jornal, sugerem que ele ainda está vivo. Os insultos, maldições, acusações e ameaças que recebo de parentes e compatriotas do meu país, tudo indica que meu pai está vivo. Se ele tivesse partido, eu teria sabido por meio de uma mensagem enfurecida!

Eu imagino que, após quase duas décadas de ausência, meu pai ainda é um homem forte, rigoroso, capaz de abrir mão das pessoas mais próximas para manter a aprovação da comunidade! Mas às vezes penso: qual dos dois é mais duro? Eu ou ele? Ele, que abandonou seu filho jovem, que só queria se casar com sua amada, ou eu, que enfrentei seu abandono desistindo de tudo que me conectava a ele?

Meu pai nunca hesitou em cortar as pontes de regresso após minha partida; ao contrário, totalmente. Meus irmãos assumiram, há muito tempo, a responsabilidade de transmitir as maldições e os xingamentos de meu pai em suas mensagens virtuais carregadas de ódio, rancor e vergonha de eu pertencer a eles. Isso apenas me afastou mais, alimentou minha rebelião e aumentou meu desapego.

Uma das maiores transgressões que se pode cometer contra sua família e tribo em uma sociedade como a minha é ser diferente deles em algo; meu amor por Leila era um pecado, e minha decisão de me casar com ela era o maior dos erros. Quanto à escrita, ela era a blasfêmia que ninguém perdoaria.

Escolher escrever livremente em uma sociedade como à qual eu pertencia significava me expor à excomunhão, ameaças, questionamentos oficiais e não oficiais e perigo! Escrever é arriscar a vida, a segurança, a estabilidade, o dinheiro e o *status* social. Eu arrisquei tudo porque sou um homem livre, um homem que não possui nada que possa perder um dia.

Hoje, acredito que parti para punir minha família, pensei que minha ausência os faria morrer de remorso. Mas minha partida só gerou mais rejeição. Meu afastamento me tornou o maior ingrato. O que eles fizeram não é mais considerado um ato de preservação, mas sim um erro que eles não veem como um crime humano. Quando me resgataram, me resgataram em nome do bem da família, e isso justifica para eles o que fizeram, mesmo que o preço tenha sido a minha felicidade, meu destino e meu interesse.

Hoje, por mais que eu odeie essa família, me tornei ansioso para construir uma. Acho que nunca pensei em casamento antes porque não queria formar uma família, cujos membros eu poderia prejudicar de alguma forma, intencionalmente ou não.

Nunca entendi como os homens se relacionam, nem como ousam gerar filhos que interferem, mesmo que não controlem, em seus destinos. Nunca compreendi como lidam com todo esse autoritarismo como se fosse um instinto humano. Embora tenha decidido um dia me casar com Leila, essa decisão nunca foi racional; foi uma decisão emocional baseada em meus sentimentos exaltados e minha ardente vontade.

Se eu voltasse no tempo, não teria me casado com Leila, eu sei disso hoje.

Porque minha decisão de me casar com ela foi ingênua, meu amor por ela foi cego, pois era a minha primeira experiência, uma experiência que, quando começou, começou de forma leve e terminou de forma esmagadora. No entanto, isso não justifica a ação da minha família, nem ameniza o tamanho do sacrifício deles e o desamparo.

Li um dia que o imperador Zaheeruddin Babur pediu a Deus, quando seu filho estava gravemente doente, para remover a doença e colocá-la sobre ele mesmo. Ele pediu a Deus para redimir seu filho da doença e Deus atendeu ao chamado do grande imperador mongol. O filho se curou, mas o pai ficou doente. Quando os médicos vieram de todas as partes do seu vasto império para tratá-lo, ele recusou qualquer tratamento, decidindo redimir seu filho que havia orado tanto para ser curado. Ele se entregou à morte sem resistência.

Pensei naquele dia na grande diferença entre meu pai e aquele homem. Meu pai nunca foi grande, era um homem comum que seguia costumes, reverenciava tradições e glorificava a comunidade. Na única ocasião em que ele poderia ter sido grande aos meus olhos, ao resistir a tudo por mim, ele renunciou à paternidade e se alinhou com a tribo, impedindo-me de alcançar a felicidade.

Durante os últimos anos, eu não pensei em tudo isso, não aprofundei no que aconteceu entre mim e meu pai, e não pensei muito sobre o que deixei para trás. Eu pensei que tinha superado tudo, mas quando minha namorada chegou, ela trouxe consigo um passado doloroso, um presente tumultuado e alguns sinais enigmáticos do futuro. Encontrei-me nu diante de uma corrente de feridas, descobrindo-me inchado com o passado do qual eu pensava ter escapado ao partir.

Victor Hugo escreveu uma vez que passamos metade de nossas vidas esperando encontrar aqueles que amaremos e a outra metade nos despedindo daqueles que amamos. Eu esperei metade da minha vida por ela e não acho que consigo passar o restante dos meus anos me despedindo dela.

Nunca pensei que o amor da minha vida viria dessa forma. Não esperava que se desenvolvesse dessa maneira, que fosse criado tão rapidamente, que fosse tecido com esse mistério, antecipação, silêncio e espera.

Mas aconteceu assim, minha longa experiência na vida, anos de desventuras, meu histórico com mulheres, minhas tristezas e o gosto por todos os tipos me fazem acreditar firmemente que este é o amor da minha vida sem dúvida alguma. E que, se eu a perder, perderei o amor da minha vida.

Quando li a mensagem dela, me senti preso entre a tristeza e a felicidade, entre a esperança e o desespero. Senti que não conseguia definir meus sentimentos nem organizar meus pensamentos. Senti-me disperso emocionalmente e desorientado mentalmente, sem um ponto de apoio ou estabilidade. No entanto, eu me agarrei à esperança do encontro, me sentei no apartamento esperando que ela chegasse... e ela veio!

Ela chegou naquela noite, girou a chave, entrou, e eu estava sentado no sofá esperando. Ela entrou com os olhos brilhantes, gritando, agitada. Enquanto isso, eu, apesar de todas as minhas tormentas, não me levantei para recebê-la. Limitei-me a me virar em silêncio, com um semblante de repressão zangada. Ela se aproximou de mim, se sentou diante de mim no chão, pegou o livro de Darwish que estava entre minhas mãos e o segurou. Então, ela disse com uma voz que senti como a voz de um oráculo profundo, enquanto tocava meu queixo com a ponta dos dedos:

— Você sabe de quem me lembra esse silêncio seu?

Continuei a contemplar seu semblante com uma fome teimosa, sem responder. Então, ela prosseguiu dizendo com arrogância:

— George Eliot!...[30] Ele uma vez disse que a emoção que queima não é nada além de uma das características da tristeza!

— Você acha que sou uma pessoa sem emoção?!

---

30 George Eliot, pseudônimo de Mary Ann Evans, foi uma romancista inglesa. No texto, a personagem se confunde com o gênero da autora devido ao uso de um nome masculino.

— Não, acho que você está cheio de emoção, tanto que consigo sentir o calor dela me envolvendo, apesar das suas tristezas!
— Eu quero você para sempre...
— Nenhum de nós acredita na eternidade... Então, por que você acha que seus desejos vão durar para sempre?!

Levantei-me do meu lugar e virei o aquecedor da cafeteira. Disse a ela com frieza enquanto colocava cubos de açúcar na xícara:

— A propósito! George Eliot é uma mulher, não um homem...

Ela disse com nervosismo:
— Esteja certo!

Eu disse a ela sem me virar:
— O nervosismo a atingiu durante a sua ausência...?
— A indiferença o atingiu durante a minha ausência?!

Peguei minha xícara de café e me sentei em um sofá distante dela. Eu disse:

— Estou entediado! Estou entediado com a volatilidade da sua presença e com as oscilações do seu desejo de estar aqui. Estou entediado com suas chegadas e partidas repentinas. Você diz que está entediada...

— Estou entediada deste jogo! Estou entediada com a minha vigilância sobre você e com a minha ignorância sobre você.
— Você quer se arriscar comigo?!
— Na verdade, eu quero me arriscar contigo.

Ela tirou sua carteira de cigarros, acendeu um e começou a soltar fumaça nervosamente, sem olhar para mim.

Eu disse a ela firmemente:
— Eu sou Huzam...

Ela se virou, surpresa:
— O quê?!

Eu repeti com determinação:
— Huzam! Esse é o meu nome...
— Eu não estou em outro mundo para não saber quem você é...

— Desde quando você sabe quem eu sou?
— Desde o nosso primeiro encontro...
Disse a ela com sarcasmo:
— Você me conheceu com ambição pelo que vem por trás de mim.
— Na verdade, por ganância pelo que você vai atrás.
— Não me dirá sobre o que está por trás e sobre você?
Ela virou o rosto com estreiteza e disse com uma voz baixa:
— Eu sou Wallada!
Eu disse com letras lentas, tentando compreender o nome:
— Wallada! De nascimento!
Ela respondeu com um constrangimento delicioso:
— E qual você imaginava que fosse meu nome?
Então eu recitei um verso de Ibn Zaydun:[31]

*"E o enganou desde o tempo do nascimento
Uma miragem apareceu, um relâmpago e um brilho!"*

Ela sorriu com um aperto que não conseguiu esconder:
— Só porque sou Wallada não significa que você seja Ibn Zaydun!
Eu sorri, aliviado:
— Não, eu sou Ibn Al-Asim, de uma das aldeias de Riad.
Ela disse enquanto acendia o segundo cigarro:
— Eu sou da aldeia Al-Amara, no Iraque.
Ela sorriu e eu não a vi, então ela continuou:
— Eu não acho que minha *iraquianidade* te surpreenda.
— E onde fica essa Al-Amara?
— Perto de Al-Ahwaz.
— Você é xiita?
— Eu sou seguidora do sabaeísmo. O sabaeísmo é uma religião monoteísta semita.
Surpreso, perguntei:

---
31 Poeta árabe andaluz de Córdoba e Sevilha.

— Sabaeísmo?!
Ela respondeu com um sarcasmo amargo:
— Tenho certeza de que você nunca encontrou uma pessoa que segue sabaeísmo durante toda a sua vida.
— A verdade é que nunca imaginei que pudesse encontrar um deles, mesmo após a minha morte. Pensei que a presença deles fosse impossível.
— Eu também. Na verdade, acho que não serei capaz de encontrar um deles, pelo menos não aqui.
— E como você chegou aqui?
— Da mesma forma que você chegou.
— Eu fugi, vim fugindo da minha família.
— E eu vim como uma refugiada para cá, fugindo do meu país. Parece que ambos estamos sem lar e sem família.
— Ambos somos fugitivos, então.
— A verdade é que somos excluídos, Huzam, não fugitivos. Pessoas como nós são rejeitadas e não fogem.
Eu a olhei sorrindo, meu nome soava doce em sua voz. Parecia que eu estava ouvindo meu nome pela primeira vez em toda a minha vida. Eu não percebia que os nomes nos proporcionam uma intimidade que não se compara a nada. Senti o amor fluir em minhas veias, e as lacunas que nos separavam se contraíam cada vez mais, até quase desaparecerem.
Ela perguntou:
— Por que você ficou em silêncio?
— Acho que estou me apaixonando por você.
— Você não teme a minha diferença?
— Não disse Umar ibn Abi Rabi'ah[32] que o oposto revela sua beleza ao oposto?
— Não há beleza na contradição das religiões.
Perguntei a ela:
— Você acredita na sua religião?".
— Minha religião é meu distintivo, então haverá algo que me conecta a ela! Algo que me destaca, apesar de eu não a amar.

---
32 Poeta árabe.

— Então me ensine sobre ela.
— Por que você está interessado em aprender?
— Porque isso significa algo para você.
Ela sorriu:
— Mas eu não posso ensinar a você! O sabaeísmo é para os sabeus apenas.
— Quero conhecer brevemente as ideias principais!
— Oramos três vezes ao dia. Nossas orações são semelhantes às dos muçulmanos, viramos para o norte quando oramos, mas não nos prostramos. Em nossas orações, recitamos versos de um dos nossos livros. Jejuamos trinta e três dias por ano, mas não jejuamos de tudo. Doamos caridade como os muçulmanos. Proibimos o adultério, o consumo de álcool, a mentira e a injustiça. Acreditamos no destino, na ressurreição, no Paraíso e no Inferno.
— Vocês falam o idioma mandeia entre vocês?
— Costumávamos falar em nossa casa para não o esquecer, pois meu pai era crente.
— Crente!
— Ele é um dos líderes dos sabeus.
E ela continuou zombeteira:
— Mas eu não encontrei sabeus que falassem a mandeia desde que deixei Amarah, talvez porque eu não tenha encontrado sabeus desde que a deixei.
— Você lê seu livro na língua mandeia?
— Eu não guardo o Ginza Rabba[33] e não o leio em um dia, mas memorizo o que oro com ele. Meu pai me ensinou e naturalmente eu recito no mandeísmo.
— Então, me ensine. Que seja nossa língua.
Ela se levantou e foi até a sacada do apartamento. Disse sem se virar:
— Vamos deixar isso de lado. Eu te disse que o sabaeísmo é apenas para os sabeus, e não acho que seja necessário falar sobre o mandeísmo para outras pessoas. Não pense nisso.

---

33 O Ginza Rabba ou Sidra Rabba é uma das escrituras sagradas da religião mandeísta.

Eu me aproximei dela e disse:
— Talvez eu precise ganhar um pouco da sua fé. Preciso de um espaço de fé para nos unir.
— Quem disse que eu sou crente?
— Eu te vi orando!
— Eu não oro por causa da fé, mas por causa da referência.
— Como assim?
— Eu preciso de uma referência, Huzam! Algo ao qual eu volto com meus pecados, meus erros e minhas obediências! Eu não quero ser uma mulher cortada, apesar de odiar o sectarismo religioso.
— Mas mesmo com todos os seus antecedentes, você tem um pouco de fé e alguma piedade.
— Eu não disse a você desde o primeiro encontro que os poemas são textos sagrados e ninguém tem o direito de tocá-los ou agir contra eles? Se você soubesse o quanto eu odeio religiões, e o quanto eu desprezo suas diferenças, Huzam! As religiões são o que nos fazem diferentes uns dos outros, nos expulsam de nossas terras e nos privam de escolher quem amamos.
— É por isso que você deixou o Iraque?
— Eu não o deixei, fui expulsa dele. Fui expulsa pelo sectarismo que acabou com meu amor. E eu não pude resistir ao exílio sem amor.
Senti ciúmes ao ouvir o que ela dizia. Eu não sei por que me incomodei tanto com a narrativa dela sobre um amor antigo. Eu, que nunca senti ciúmes antes.
Ela disse:
— No que você está pensando?
— Eu não sei...
— Se você soubesse como seu rosto se contorce quando mente!
Eu a ignorei, voltei para o meu lugar no sofá e comecei a observá-la de longe, pensando em nossas semelhanças. Ela, que foi negada pela religião, e eu, que fui negado pelas tradições. Pensei no amor que nos fez renunciar a tudo para nos perdermos nos caminhos do exílio frio.

Perguntei a ela:

— Você acha que o seu amor foi excepcional?

Ela respondeu com sarcasmo:

— Você acha que eu estaria aqui se não fosse?

Eu fiquei em silêncio por um momento:

— E o que mais? O que aconteceu? — fiz a última pergunta em iraquiano.

Ela riu, riu muito, riu tanto que parecia que ela não ria há anos. Foi uma risada profunda. A ponto de me fazer rir, apesar do fogo que queimava dentro de mim.

Ela me perguntou enquanto ria:

— O que há, homem? Você está com ciúmes?

Eu respondi, tentando me mostrar indiferente:

— Eu não sei!

— Você está ficando vermelho!

— Realmente!

Ela disse:

— Foi um amor intenso naquela época, mas faz parte do passado... E eu concordo com Anis Mansour[34] que o passado é bonito porque se foi e, se voltasse, o odiaríamos.

— Ele era muçulmano?

— Ele era muçulmano xiita... e foi meu colega na universidade.

— Não havia espaço para o casamento então!

— Nosso casamento era impossível, casar-se fora da comunidade dos sabeus é considerado suicídio... especialmente se o pai for um crente.

Meu pai era extremista em questões religiosas. Ele acordava todas as manhãs e ia até o rio para realizar sua rashama.[35] Ele era rigoroso em fazermos a barakah,[36] mesmo que a maioria dos sabeus não a dominasse naquela época.

— Então, me ajude um pouco! Eu entendi que barakah é a oração, mas eu não entendi o que é rashama...

---

34 Escritor egípcio.
35 Ablução.
36 Oração.

Ela sorriu enquanto explicava:

— A rashama é a ablução. Ele costumava fazer a ablução no rio, embora os crentes moderados permitissem que fizéssemos a ablução sem água corrente.

E continuou:

— Você sabia que a maioria dos sabeus participa das celebrações e realiza a barakah sem entender nada do que está sendo recitado? Eu sempre pensava em como acreditamos em algo que não compreendemos e praticamos algo que não afeta nossos corações. Quando eu participava das celebrações, sentia emoção e entusiasmo porque eu entendia o que estava sendo recitado. Mas a maioria dos sabeus não entendia nada e ainda insistiam em participar das celebrações, realizando os rituais com devoção e amor.

— Quando você deixou o Iraque?

Ela apagou o cigarro e respondeu:

— Em dezembro de 1988, após o término da Primeira Guerra do Golfo.

— E quantos anos você tinha naquela época?

Ela sorriu:

— Você está fazendo todas essas perguntas para saber minha idade? Eu tinha dezoito anos.

— Então, você está prestes a completar quarenta anos!

— Faltam apenas alguns meses.

— Você sabia que eu também deixei meu país e vim para cá em dezembro?

— Sempre acreditei que dezembro é o mês das conclusões.

Ela se sentou no sofá em frente a mim e continuou:

— Inicialmente, eu não vim diretamente para cá. Eu fui para Beirute, que estava em chamas naquela época devido ao sectarismo. Estudei na Universidade de São José por alguns meses e depois deixei o Líbano, indo para a Holanda, onde morei com uma família libanesa em Roterdã. Completei meus estudos universitários em Artes Cênicas. Depois, aprendi a tocar violino e obtive a cidadania holandesa.

— E quando você chegou aqui?

— No início de fevereiro passado.
— Você veio aqui para colidir comigo, não é?
— Não, eu vim para que nossos destinos colidissem numa noite chuvosa.
— E o que você está fazendo em Londres?
— Faço o que amo e encontro quem amo.
— Você não pensa em voltar ao Iraque algum dia?
— Iraque! Que Iraque? O Iraque acabou com a partida de Al-Rasafi, Al-Bayati, Al-Haidari, Al-Sayyab e Nazik.[37] Não há mais Iraque, Huzam. Não há mais Iraque.

Eu olhei para aquela mulher que estava derramando dor, levantando tristeza por uma pátria que ela lutava para negar... Era uma náufraga tentando se desvencilhar de seu Iraque, pois ele não conseguia contê-la e não podia salvar a história de seu amor.

Comecei a refletir sobre o que o sectarismo está fazendo conosco... e como distorce as nações em nossos olhos, sem a capacidade de fazer seres humanos coexistirem como iguais ou tratá-los com igualdade.

Essa majestosa palmeira iraquiana não deveria viver longe de sua pátria. Esta rainha deveria ser a deusa Inanna ou a rainha Semíramis. Essa maravilha deveria ser uma santa iraquiana, e o Iraque deveria ser conhecido por Wallada, assim como a Andaluzia também foi conhecida por Wallada bint al-Mustakfi.[38]

Eu disse:
— Se o Iraque soubesse o que perdeu! O Iraque perdeu você, Wallada, perdeu sem dúvida!
— O Iraque não se importa com quem o perde, Huzam! Eu não considero o Iraque minha pátria, mas onde a igualdade existe, aí está a pátria.
— Você sabia! Sempre acreditei que o Iraque é o berço das civilizações e o lar da convivência.

---

37 Trata-se de poetas iraquianos.
38 Uma poetisa andaluza e filha do califa omíada Muhammad III de Córdoba.

— Não disse um dos seus califas que é uma terra de divisão e hipocrisia?
— Dizem que foi Hajjaj,[39] e Hajjaj não é um homem de quem se busca sabedoria!
Ela ficou em silêncio, então perguntei:
— Não gostaria de saber mais sobre mim?
Ela parou e disse:
— Mais tarde, Huzam! Mais tarde...
Estava claro que a verdade a tinha exaurido, e ela precisava continuar sua noite sozinha, superando as dores das verdades e as feridas do passado que evidentemente estavam ardendo...! Passei a mão nos seus cabelos e segurei a mão dela, acompanhando-a até a porta. Eu perguntei a ela, beijando sua testa:
— Quando vou te ver novamente?
Ela disse, enquanto respirava profundamente:
— Quando nossos destinos colidirem de novo!
Eu a observei, refletindo sobre o que ela queria dizer com essa frase. Estava claro que ela não estava disposta a falar mais. Era evidente o quão exausta ela estava e o quanto precisava se retirar para o lugar onde costumava se refugiar.
Não a contradisse, apenas acariciei seus cabelos e disse:
— Eu vou esperar!
Wallada saiu, deixando-me sozinho diante de algo que não compreendia. Estava confuso com minha tristeza, inflado pelo desespero e frio em meus sonhos.
Naquela noite, aprendi quão difícil é separar o passado da corrente da vida. A corrente da vida, que começa no passado, só pode ser navegada no presente e só termina no último momento que devemos viver no futuro.
O passado é a referência que molda a imagem do nosso presente e os contornos do nosso futuro. Então, por que pensamos que podemos dobrá-lo e seguir em frente? O passado, que insistimos em dizer que morreu, permanecerá vivo enquanto estivermos vivos. O passado não morre. Não morre! A sua mor-

---

[39] Hajjaj foi o mais notável governador que serviu o Califado Omíada, a quem escritores pró-abássidas atribuíram perseguições e execuções em massa.

te é apenas uma ilusão, que tentamos nos convencer para que os outros nos perdoem por nossos erros passados, para que possamos viver sem culpa ou ressentimento.

...E hoje eu percebo que minha alma está cheia das marcas do passado, e que eu nunca me livrei delas. Pelo contrário, elas se acumularam profundamente dentro de mim até se tornarem sufocantes, mas eu nunca entendi isso até hoje. Eu nunca entendi.

Eu, que pensei que tinha me libertado de tudo que me conectava à família, à religião e à pátria, estava convencido de que poderia terminar com tudo e começar de novo sem que nada do passado me prendesse. Eu não entendia que a vida é apenas uma série de anéis tridimensionais, e que perder qualquer anel é uma impossibilidade do destino.

Hoje eu sei que estou cheio do que aconteceu, e que todos os caminhos, todos os caminhos levam de volta ao lugar de onde vim. Hoje eu sei que as pátrias são apenas vítimas entre as vítimas dos seres humanos, e que as carregamos mais do que podem suportar.

Eu sei agora que as pessoas imbuídas dos costumes da ignorância e das tradições dos fanáticos são aquelas que destroem nossos sonhos, arrancam nossos corações e cultivam espaços escuros de ódio bruto dentro de nós...

Essas pessoas são aquelas que nos obrigam a fugir de nossas pátrias e abandonar tudo, são aquelas que nos iludiram de que a lei os protege e a religião os abençoa.

Não encontramos refúgio senão nos submetendo a eles, nos tornando uma cópia deles ou fugindo para a pátria mais próxima, tentando esquecer tudo.

Hoje percebo que não esqueci. Tudo o que aconteceu continua diante dos meus olhos, não importa o quanto eu tente fechá-los. Por mais que eu finja não ver nada do que passou, hoje percebo que todas as minhas tentativas de enterrar o passado não tiveram sucesso.

Minha memória não foi apagada, minhas lembranças não foram apagadas, e nunca consegui superar o que passei.

Hoje eu sei que meu coração ainda os culpa, e que não consigo voltar da intensidade de culpar todos. Eu, que nunca entendi como minha pátria fez tudo isso comigo, como arrancou de mim essas ambições e sonhos. A pátria que me privou de contribuir para o seu progresso, de reconstruí-la, de viver minha vida em seus territórios, de amá-la e morrer nela com paixão.

Eu sei que não consigo voltar agora. Não há nada me esperando em minha pátria, e ninguém lá me ama. Mas uma parte de mim precisa disso, e uma parte de mim ainda a ama apesar de tudo...

Quando saí de Riad, comprei uma passagem só de ida, pensando que nunca mais pensaria em voltar. Mas agora, acho que "talvez" deseje retornar um dia, para revisitar as ruínas do amor, explorar os destroços dos meus sonhos e sentir as cinzas da minha estabilidade.

Quando parti, decidi seguir para onde o vento me levasse, e os ventos me levaram a Londres, onde comecei uma nova vida e vivi em um mundo diferente. Aprendi, por meio de Londres, como ser um homem duro, frio, que não olha para trás e não se arrepende. No entanto, o que deixei para trás surgiu de repente diante de mim! Enfrentou-me com a ousadia de um profeta corajoso.

Minhas ideias ficaram confusas, meus sentimentos tremeram, e minha fé na incredulidade foi abalada de repente!

Quando nos entristecemos no exílio, nossas tristezas transbordam até que o som da tristeza quase grite. No exílio, ninguém pode abraçar nossas dores ou conter nossa dispersão. Lá, ninguém se assemelha a nós, mesmo que raspemos nossas barbas, troquemos nossos estilos de cabelo e falemos inglês com um sotaque tolo e frio.

Lá, todos eles são parecidos... Nós somos os únicos diferentes deles, os intrusos que fogem de nossas feridas, os refugiados de nossas terras por causa de alguma tristeza, alguma guerra, algum amor, alguma crença, alguma tribo.

Lá, vivemos abaixo do padrão, apesar do nosso luxo e extravagância que cercam todos os lugares onde estamos. No entanto, algo nos faz, aos olhos deles, menos do que eles, algo faz com que eles acreditem que são superiores a nós. Mesmo que não declarem isso, seus olhos nos dizem o tempo todo: "Vivam em nossos países como desejarem e exerçam suas liberdades em todas as suas formas, mas vocês continuarão, por mais que tentem, inferiores a nós em tudo".

Lá, nós permanecemos estrangeiros, não importa o quanto nos integremos em sua sociedade, o quanto nossos comportamentos se assemelhem aos deles, o quanto tentemos imitá-los. Mesmo que sintamos um pertencimento ao país em que vivemos e até mesmo um pertencimento a uma terra cujas raízes remontam a ela, o sentimento de não pertencimento persiste.

Esta noite, senti que uma mão apertava meu pescoço e que eu era um objeto de vergonha em uma onda de tristeza esmagadora! Senti que ainda estava no mesmo lugar em que estava quando cheguei a Londres duas décadas atrás, senti que não tinha me movido um milímetro desde então, que não tinha conquistado nada apesar das minhas realizações!

Em um determinado momento, todas as nossas glórias desabam e se tornam apenas *slogans*, palavras e elogios. Os dias bonitos passam, se vão e terminam.

As glórias não duram para sempre; seu encanto desaparece após um tempo. Elas descansam em nossos olhos como se nunca tivessem existido.

Eu, que costumava me erguer em cada noite em que recebia um prêmio literário de qualquer país árabe, eu, que nunca podia dormir em noites de premiação devido à intensidade da alegria, e que acreditava que meus romances eram meus filhos, que carregariam meu nome, e eram minhas glórias que seriam eternizadas, sinto hoje que são apenas folhas que o tempo vai dobrar. O ciclo de publicação delas se encerrará um dia, e as pessoas as esquecerão completamente.

Hoje, sei que não fiz nada em minha vida que mereça glória, que vivo sozinho em um mundo gelado, e que morrerei em breve, envolto em solidão, abraçando a solidão e cheio de ansiedade, tristeza e desespero.

Quando me deitei na minha cama, rostos, nomes e lugares começaram a dançar em minha memória... Os traços de meu pai há vinte anos, ele agora está muito velho, os rostos de meus irmãos, que eram jovens... Hisham, Riyadh e Yazid... Os sorrisos de minhas irmãs Sara, Najla e Noor. Imagino que seus filhos agora são jovens homens e mulheres... E minha mãe, que partiu e me deixou para enfrentar as pessoas, os costumes, as tristezas e as alegrias sozinho!

Lembrei-me do meu tio Fahad, o embriagado, da minha tia Mawadi, a severa, da minha avó, a bondosa cega. Lembrei-me da nossa antiga casa no bairro de Al-Malazz, da nossa vasta fazenda em Hareemlaa, e da mercearia do meu pai, Ali Al-Hadrami, na esquina da rua. Lembrei-me dos corredores da Universidade Rei Saud, da Escola Secundária Ibn Abi Yazan, do Mercado Al-Awais e o Estádio Rei Fahd.

Lembrei-me do meu amigo Ahmed, e do filho do nosso vizinho, Saeed. Lembrei-me do time de futebol e da mesquita próxima, do Hospital Al-Shumaisi e do acampamento na Estrada de Al-Qassim. Lembrei-me de Laila... e chorei!

Chorei muito... Eu realmente não me lembro da última vez que chorei, exceto pelas poucas vezes em que a música dos Beatles me fez chorar!

Acho que minhas lágrimas se tornaram escassas desde que pisei pela primeira vez em Londres, como se o frio tivesse congelado meus olhos, deixando-os secos. Passei anos e anos sem chorar! Eu, que soluçava a bordo do avião que deixava Riad como uma criança espancada, que chorava durante todo o voo até sentir que tinha drenado todas as minhas lágrimas. Mesmo que minhas lágrimas naquela época não correspondessem aos sentimentos de opressão que sentia naquele momento, mesmo que as derramasse como um dilúvio!

Ainda me lembro dos olhares dos passageiros para mim. Como eles viravam a cabeça de vez em quando, sussurravam e apontavam para mim com os olhos!

Como me olhavam com piedade e surpresa, pensando nas razões que levam um jovem da minha idade a soluçar em lágrimas em um avião indo para Londres, a Londres que era o paraíso da juventude e seu grande sonho naquela época!

Essa viagem foi a mais longa que já fiz! Eu, que explorei o mundo inteiro depois daquela viagem, e que passei centenas de horas em aviões... Nunca senti que houvesse uma jornada mais longa do que a jornada daquela despedida. Foi a jornada em que senti que tinha passado de um mundo para outro.

Essa foi a jornada que não foi como qualquer outra, a jornada em que terminei e comecei ao mesmo tempo...

Não sei que tristeza Wallada transmitiu naquela noite. Não sei como as realidades dos outros nos confrontam com as nossas, expondo todas as verdades diante de nós e nos fazendo reviver as memórias dos eventos que experimentamos, assim como as memórias dos eventos vividos por aqueles que amamos e nos preocupamos!

Quando Wallada espalhou ao meu redor naquela noite o que aconteceu com ela e o que recaiu sobre ela, senti como se ela tivesse derramado sobre as minhas feridas inflamadas um monte de sal, me machucando a ponto de sentir que morreria de dor.

Senti a gangrena do meu sofrimento se espalhar até quase me consumir, e eu não era capaz de cortá-la nem de me curar dela. Não havia solução senão me render a ela. Morrer de tristeza e dor!

Não sei quantas lágrimas derramei naquela noite. Abraçando meu travesseiro como uma adolescente, chorei até ficar embriagado de choro e dormi. Não sei quantos dias dormi! Talvez dois ou três. Eu acordava para atender às minhas necessidades e beber água, e voltava para a cama novamente.

Eu tentava fugir de uma realidade que não compreendia e de feridas que começaram a apodrecer depois de eu pensar que haviam cicatrizado!

Acordei com uma batida forte na porta e o som de Jihad quase se apagando ao tentar alcançar meus ouvidos. Levantei-me com dificuldade, senti minha cabeça pesada. Ainda estava sob o impacto das lágrimas, com olhos inchados, voz embargada, cabeça cheia e um humor sombrio.

Abri a porta com relutância para encarar seu rosto aterrorizado. Ele disse com alívio e raiva:

— Cara, que Deus não lhe abençoe. O que está fazendo?

Ignorei-o e me sentei no sofá, estendi minha mão para o meu maço de cigarros. Ele o arrancou de mim com força, dizendo:

— O que há com você, seu idiota? Eu te procurei em seu apartamento e em todos os lugares. Até me certificar de que só encontraria você aqui, ou vivo ou morto.

Eu não conseguia falar, todas as palavras estavam presas em minha garganta, recusando-se a sair. Passei as mãos pelo meu cabelo como se fosse uma criança pedindo a um adulto para acariciar sua cabeça e tranquilizá-la. Jihad disse, exalando preocupação:

— Huzam, lave seu rosto! Vou preparar uma xícara de café para você.

Sentia-me fraco devido ao meu sono contínuo e à falta de comida. Levantei-me, tomei um banho e voltei para Jihad no mesmo lugar onde nos sentamos na última noite juntos, Wallada e eu.

Jihad se sentou diante de mim com duas xícaras de café. O aroma dela ainda estava presente, mas um sentimento ruim começou a se infiltrar. Não sei por que senti que não a veria novamente, como se sua presença estivesse deixando a sala, como se não quisesse ficar. Um clima fúnebre envolvia o local, e uma sensação gritava em meus nervos e sentimentos que ela não voltaria...

Jihad me perguntou:

— Por que você não responde? Eu liguei para você várias vezes, e então me assustou ao desligar seu telefone. Fui até o seu apartamento e não o encontrei, então soube que encontraria você aqui, ou vivo ou morto.

Respondi:

— Eu estava dormindo. Provavelmente, a bateria do meu telefone acabou, então desligou.

— Você está dormindo há três dias?

— Aproximadamente!
— Por quê? O que está acontecendo?

Percebi que não conseguia lidar com a discussão, então disse a ele, tentando encerrar a conversa:

— Está tudo bem... Eu estava exausto, apenas escrevendo.

Jihad sentiu que eu precisava ficar sozinho e se levantou da cadeira, dizendo:

— Está tudo bem, o importante é que você está bem. De qualquer forma, não se esqueça de me enviar seu artigo até hoje à noite.

Acenei positivamente com a cabeça e ele tirou um bilhete e um folheto promocional do bolso do casaco, jogando-os na mesa à minha frente e dizendo:

— A propósito, liguei para você há dois dias para convidá-lo, eu e Madeline, para um concerto que aconteceu há duas noites. Mas você perdeu a oportunidade de aproveitar o musical e passar um momento agradável conosco.

Eu disse a ele:

— Não estou com vontade de ir a nenhum concerto ou celebração, Jihad.

Ele disse enquanto se afastava em direção à porta:

— Você está exagerando! Não se esqueça do artigo!

Pensei em voltar a dormir depois que Jihad saiu, mas sabia que eu morreria inevitavelmente se continuasse nesse estado. Tentei não me concentrar nos sentimentos de desânimo, evitando dar à minha necessidade de rendição e sono qualquer chance. Preparei um café da manhã que mal consegui comer, vesti roupas elegantes, peguei o panfleto do concerto e o rascunho interminável da minha história e saí em busca de vida.

Eu estava tentando afastar os pensamentos negativos que estavam se intensificando. Saí para caminhar pelas ruas sem um objetivo, encontrei rostos azulados devido ao frio e à indiferença. Eu estava andando sem rumo, tossindo por causa do frio e da melancolia. Algo em Londres sussurrava, apontando com a mão em minha direção, gritando em meu rosto: "Você é um fracasso!".

Hoje, eu entendo completamente que sou apenas um fracasso. Qual é o sentido de alcançar o sucesso profissional e a glória literária se não houver felicidade? A felicidade que só é realizada com estabilidade. A estabilidade que só é alcançada quando somos abraçados pelo afeto, seja o afeto originado da família ou o afeto que se torna a base para criar uma família. E eu tive sucesso em tudo, exceto no meu afeto. E duvido que conseguirei ter sucesso em criar uma família um dia.

Eu andava pelas ruas de Londres, procurando por um rosto que me consolasse. Procurando por traços que se parecessem comigo, mas esses traços fugiam daqueles que se pareciam comigo. Como posso procurar alguém que está fugindo de mim, eu que sempre fugi desses traços?

Sentei-me no café onde costumava encontrar Wallada. Eu tentava reunir minhas tristezas para conseguir terminar minha história. No entanto, Wallada era tudo em que eu pensava. Sentia que nunca a encontraria novamente, nunca a veria, apesar de sua última promessa suspensa e misteriosa. Eu sou um homem com um sexto sentido que ultrapassa os cinco sentidos em precisão de sentimentos.

Um homem que é hábil em antecipar todo mal que possa acontecer, toda calamidade que possa ocorrer e cada final que se aproxima. Um homem que entende as mulheres e percebe quando começam com ele e quando terminam com ele.

A separação é difícil, muito difícil. As mulheres pensam que os homens são capazes de esquecer facilmente, que superar um relacionamento fracassado não requer nada. Elas não percebem que quando um homem se apaixona por uma mulher, ele se envolve com ela, fica possuído por ela. As mulheres não entendem que o amor de um homem para a vida toda não é esquecido.

Não imaginei que meu amor viria com essa dramática crueldade. Um amor oscilante em presença, apesar de sua intensidade. Um amor com realidades ambíguas, apesar de sua nitidez. Um amor que veio para me consolar e me deixar atônito. Um amor que começou nebuloso e terminou assim que se revelou.

Eu me empenhei em escrever, tentando começar meu artigo ou terminar minha história, mas não consegui nada. Quando peguei o panfleto destinado ao concerto, uma imagem de André Rieu e uma imagem de Wallada em um vestido longo preto me chocou.

Ela carregava um naipe em seu ombro e seu cabelo preto preenchia o anúncio com uma imagem trágica e provocante. Estava escrito no anúncio: "O artista holandês André Rieu, acompanhado da artista holandesa Wadha Rafid, se despedem de Londres com um concerto musical que será realizado nos últimos dias das festas."

Não conseguia sentir nada naquele momento. Quem acreditaria que eu estive a uma distância tão curta de vê-la pela última vez? Vê-la como ela realmente é. Praticando o que ama na frente de quem ela ama. E com quem? André Rieu! Não conseguia compreender o quanto o destino pode zombar de nós. E o quão próximo algo pode estar de nós e, ao mesmo tempo, tão longe.

Nesse momento, eu me certifiquei de que nunca a veria. A colisão que antecipávamos talvez nunca acontecesse. Nessa hora, senti que dezembro estava quase me sufocando. Não sei por que dezembro parece se esforçar para me machucar!

Ele me tortura com suas trinta e uma noites. Me chicoteia com as varas da expectativa, como um carrasco, e bate tambores de medo dentro do meu coração. Como uma celebração de ciganos selvagens e loucos, ininteligível!

Não nego minha mudança de humor, mas dezembro está acima de todas as minhas oscilações. Dezembro é um mês de autoridade, majestade e impacto. No entanto, apesar disso tudo, eu não entendo por que todos os sonhos terminam em dezembro.

Um amigo meu, que filosofa sobre tudo, disse que todos os meus sonhos terminam em dezembro porque os sonhos mais caros para mim acabaram neste mês. Ele me disse que algumas de nossas perdas estão automaticamente ligadas, no fundo de nós mesmos, à estação ou ao mês em que as sofremos. Portanto, essa estação ou mês se torna um período de luto para nós todos os anos, porque nossas lembranças gemem inconscientemente durante ele. Assim, os dias da lembrança passam com amargura e tristeza, cujas razões não compreendemos.

Portanto, eu me retiro a cada ano durante o que parece ser um mês festivo para o mundo. Em dezembro, as pessoas em todo o globo celebram uma série de festividades, com um brilho aparentemente jubilante e atraente. No entanto, no coração de dezembro, estão as tristezas e perdas das pessoas.

Tentamos nos alegrar com os fogos de artifício que ecoam celebrações por toda parte, nos esforçamos para acreditar que o Papai Noel infunde alegria nos corações dos adultos. Buscamos apreciar a música alegre que ressoa de todos os lugares, junto com risos, danças e votos de felicidade.

Tudo isso é uma fachada. Tudo isso só realmente traz alegria para as crianças. Quanto a nós, observamos dezembro com um olhar que mal pisca devido ao medo de suas artimanhas.

Senti a melancolia me sufocando e a vontade de encerrar tudo, assim como tudo se encerrou para mim.

Saí do café em direção à casa, arrastando as correntes da derrota e desilusão. No caminho, vi uma mulher tocando violino na esquina da rua. Parei para ouvir suas melodias, pensando na Wallada, e nas tristezas que ela poderia ter tocado e desaparecido, sem ouvir as lamentações das minhas tristezas e sem me dar a chance de me despedir.

A partida dela, daquela maneira, era mais do que eu conseguia suportar. Senti como se ela tivesse vindo para carregar minha memória com toda tristeza e dor nela... Como se ela tivesse vindo para me machucar e partir!

Sua partida foi tão amarga quanto sua chegada foi pungente de doçura.

Wallada não era fácil de lidar. Era arrogante, teimosa, orgulhosa... e superava Narciso em sua autoestima.

Mas ela se parecia comigo em muitos aspectos. Ela satisfazia minhas quatro santidades, que nenhuma outra mulher poderia ou conseguiria satisfazer.

Eu sou um homem que pondera sua mente antes de tudo, que pondera sua alma, coração e corpo.

Um homem que precisa de uma mulher que respeite suas santidades, que o ame, que o satisfaça e que possua santidades tão sagradas quanto as minhas!

Mas eu não vou procurá-la. Não vou procurar por ela, não importa o quanto isso me machuque.

Tudo começa por um motivo, e tudo termina por outro. E agora eu percebo que aquela mensageira foi enviada apenas para entregar uma mensagem e espalhar o desejo de retorno. No entanto, apesar de acreditar no propósito pelo qual ela foi enviada, eu não vou responder à mensagem.

Retirei minha carteira do bolso do meu casaco, peguei a libra que Wallada me deu em um Natal passado. Coloquei-as junto com o rascunho do meu romance, o anúncio promocional do show de Wallada e o relógio com horário adiantado na caixa onde a mulher estava tocando violino, sem o menor sinal de arrependimento.

Porque em dezembro, todos os sonhos terminam!

25/12/2010
Atheer Abdullah Al-Nashmi

*"Senhor, não peço que alivie minha carga,
mas peço que me dê as costas fortes."*
Goethe

TIPOGRAFIA:
Untitled Serif (texto)

PAPEL:
Cartão LD 250g/m2 (capa)
Pólen Soft LD 80g/m (miolo)